目次

第一話　剣友　7
第二話　いかず連　78
第三話　祟られ女　147
第四話　放生の夜　216

付添い屋・六平太

猫又の巻　祟られ女

第一話　剣友

一

日射《ひざ》しを浴びた道の照り返しが、かなり眩《まぶ》しい。

日本橋の芝居町を後にした時分、歩く影は西の方に伸びていたが、浅草元鳥越町《もととりごえちょう》が近くなると、足元周辺に縮まっていた。

季節は秋である。

盂蘭盆会《うらぼんえ》の送り火を昨日済ませたというのに、日中のうだるような暑さには閉口する。

「ほおずき市にお出《い》でになりませんか」

秋月六平太《あきづきろっぺいた》に妹の佐和《さわ》から誘いの声が掛かったのは、七月になってすぐのことだった。

浅草の火消しの女房になった佐和は、十番組『ち』組の纏持《まといも》ちである音吉《おときち》と二人の子供と共に、浅草寺《せんそうじ》のお膝元《ひざもと》の聖天町《しょうでんちょう》で暮らしている。

「口入れ屋の仕事がなければ、行ってもいいが」

六平太は、佐和にそう返事をしたのだが、混雑する浅草近辺には近づきたくないというのが本心だった。

ところが、その直後に騒動が起きた。

押し込み先から姿をくらませていた盗賊の頭と二人の手下が、恨みを向ける六平太をおびき出そうと、佐和と三つになる甥《おい》の勝太郎《かつたろう》を人質にするという事態が持ちあがったのだ。

友人知人の力を得て、六平太はやっとのことで盗賊一味三人を成敗し、佐和と勝太郎の救出を為《な》し得たのが、丁度七夕《たなばた》まつりの当日だった。

六平太や佐和の家族は、今年の七夕は無論のこと、九日と十日のほおずき市も、祭り気分に浸るどころではなくなってしまったのである。

鳥越明神の境内《けいだい》は、浅草元鳥越町にある旗本、松浦勝太郎《まつうらかつたろう》家の門前から大川端の浅草御蔵《おくら》へと延びる表通りに面している。

その鳥越明神脇《わき》に曲がり込んだ六平太は、小路《こうじ》の奥にある『市兵衛店《いちべえだな》』の木戸を潜《くぐ》りながら、菅笠《すげがさ》を外した。

「おや、もうお帰りで？」

声を掛けたのは、井戸端に立って、濡《ぬ》れた手拭《てぬぐ》いで顔の汗を拭っていた噺家《はなしか》の三治《さんじ》だ。

「今日は、芝居見物の付添いだったんじゃないんですか」

「日の出前に日本橋の両替屋の娘と、女友達二人を預かって、木挽町《こびきちょう》の芝居茶屋に連れて行ったんだよ」

六平太は、三治にそう返答した。

「なるほど、芝居見物の娘たちを茶屋に預けたから、芝居が跳ねる夕方までのんびりしようという魂胆ですな」

手にした手拭いを六平太に向けると、芝居町の事情にも詳しい三治がにやりと笑った。

芝居は、朝早くから夕刻までが一日の興行である。

いくら付添いとはいえ、一日中婦女子の傍《そば》に付いているのは苦痛だった。

付添い屋を雇うほどの依頼主は、芝居茶屋を通じて買い求めた二階の桟敷席《さじきせき》で見物するから、酔っ払いや乱暴者の入り込む値の安い平土間よりは身の安全も図れる。

芝居の合間には、芝居茶屋の者が茶や菓子などを運び、幕間《まくあい》ともなると、茶屋に案内されて昼餉《ひるげ》を食べることも出来るから、付添い屋が付きっきりになることもないのだ。

「それに、見たいような演題でもなかったしな」

「七月八月は、どこの小屋も盆興行の怪談ものだらけですからねぇ。金の取れる一流どころの役者は大方休みだから、今の時期、芝居に出ているのは格落ちの連中ばっかりだぁ」

「そうなんだよ。夕方まで芝居茶屋でごろごろしていようかと思ったんだが、それも飽きたから、一旦引き揚げて来たってわけさ」

ため息混じりに口にした六平太は、井戸端近くの物干し場の竹竿《たけざお》に菅笠をぶら下げると、着物の裾《すそ》を尻《しり》っ端《ぱし》折《よ》りにし、草履《ぞうり》を脱いだ。

草履の裏を叩《たた》いて砂を落としてから懐《ふところ》に押し込み、釣瓶《つるべ》で汲《く》み上げた水を両足に注ぐ。

「ひゃっこい」

埃《ほこり》まみれの六平太の足から、籠《こも》っていた熱気までもが流れ落ちた。

芝居見物の付添いは、時を割《さ》くわりに料金は安いし、面白みもない。

朝早くから夕刻までの丸一日掛かりであっても、付添い料は一日分となっている。

決まった付添い料のほかに祝儀を弾んでくれるお客もいるにはいるが、待つ間の退屈と疲れは、少々の金ぐらいで癒《いや》されるものではない。

それに引き換え、商家の婦女子の買い物のお供などは、半日でも、たとえ一刻《いっとき》（約二時間）の付添いでも、往復すれば一日分の付添い料を頂けるから、割りもいいし楽である。そんな付添いなら、一日に三、四件受けることも出来るので、実入りもいい。

「乾いてるかねぇ」

井戸端に一番近い家から、声を張り上げて出て来たのは、大工の留吉《とめきち》の女房、お常《つね》だった。

「秋月さんが早く帰ってきた事情は中まで届いたけど、三治さんあんた、今日は旦那《だんな》衆からの御呼ばれで遅くなるはずじゃなかったのかい」

お常は、物干しに干されている褌《ふんどし》や湯文字などの乾き具合を見ながら、長閑《のどか》に問いかけた。

「あたしゃそのつもりでお招きにあずかったんだがねぇ。途中、とんでもないことになってさぁ」

軽く舌打ちをした三治は、はぁと息を吐いた。

神田界隈《かいわい》の商家の主《あるじ》たちの吟行が、早朝の不忍池《しのばずのいけ》で行われたのだという。

吟行の成果を披露する句会は、池之端《いけのはた》の料理屋で、昼餉の後に開かれることになっていたが、三治が呼ばれていたのは句会の後の宴会からだった。

夕刻から始まる夕餉を兼ねての宴会には芸者も呼んであるのだが、

「三治も混じって、さらに盛り上げてくれないか」

主催する旦那に頼まれていい気になった三治は、

「なんなら、あたしも吟行からお供します」

と請け合って、今朝早く出掛けて行ったのだ。

「ところがさ、吟行の最中、不忍池の弁天堂《べんてんどう》で三人の旦那衆が言い合いになってしまったんですよ。季語がおかしいだのなんだのと、お互いの句のけなし合いになってしまって収拾がつかないまま、とうとう料理屋での昼餉も宴会も、取りやめということになってしまってさぁ」

「それで、ご祝儀はどうなったんだい」

お常に尋ねられた三治は、

「あっ、もらい損ねたっ！」

手にしていた手拭いを、鬼神のような形相《ぎょうそう》で絞った。

「今、仕事が上手《うま》くいってるのは、どうやら、熊八《くまはち》さんだけのようだね」

お常は、物干し竿に干していた亭主の腹掛けや足袋《たび》を取り込んだ。

「熊さんがどうして」

思わず六平太が口を開いた。

「ほら、この間っから、湯島天神《ゆしまてんじん》の屋根とか境内の樹《き》に、日暮れ時になると恐ろしい数の雀《すずめ》が押し掛けてるそうじゃありませんか」

　声をひそめたお常は、

「それに霊岸島《れいがんじま》の方じゃ、人の頭の骨が出たのを、川辺の霊神だと大騒ぎをして祀《まつ》ったもんだから、大勢が押し寄せてるらしいよ。うちの留が言うには、湯島天神の雀も霊岸島の霊神も、近々なにかよくないことが起こる予兆じゃないかって、町のみんなは恐れているらしい」

　と、続けた。

　そんな町人の不安につけ入るように、悪霊退散や祟《たた》り除《よ》けのお札を売って有卦《うけ》に入っているのが、大道芸人の熊八だと、お常はいうのだ。

　折烏帽子《おりえぼし》に狩衣《かりぎぬ》を着て、天災の危機を予言しながら踊り、鹿島《かしま》大明神の神勅と称するお札を売る〈鹿島の事触《ことぶ》れ〉や、世上の事件などを禍々《まがまが》しく語ったり踊り回ったりして喜捨を得る〈ちょんがれ〉など、季節や時候によって万歳《まんざい》や願人《がんにん》坊主などにもなることから、なんでも屋の熊八と呼ばれている『市兵衛店』の住人である。

　付添い屋と称して、婦女子の買い物や、芝居見物、行楽のお供をこなす六平太の仕事も、なんでも屋の熊八と似たりよったりと言える。

　路地の方でことりと下駄《げた》の音がした。

「大家さんだよ」

そう呟《つぶや》いて、お常が路地の奥へ眼《め》を向けた。

路地の左に建つ二階屋の三軒長屋の、真ん中の家から、大家の孫七《まごしち》が四十ばかりの女を伴って出て来た。

「他所《よそ》も当たってみますので」

女は、孫七にそういうと、井戸端の三人には眼もくれず、木戸を潜って出て行った。

「色よい返事はなかったようだね」

からかうような三治の声に、孫七は、井戸端の三人を恨めし気に見て、

「早く空き家が埋まってほしいよ」

ため息を洩《も》らした。

「おや。朝方ここに現れた家主の市兵衛さんも、なんだかため息をついておいでだったが、空き家が埋まらないと、暮らし向きに困りなさるのかい」

お常が、声を低めて孫七に問いかけた。

「旦那様は、囲碁の相手を捜しに見えたらしいんだが、三治さんも秋月さんも留守でがっかりなすったんですよ」

「だったら、大家さんが相手してやればよかったじゃないか」

「三治さんはそう言いますがね、わたしにはわたしの用事がありまして、町役人の次郎右衛門《じろえもん》さんのところに行かなきゃならなかったんですよ」

孫七は、心外だと言わんばかりに口を尖《とが》らせた。

「だけど、市兵衛さんの肩はがっくりと落ちて、なんだか寂し気に帰ってお行きなすったよ」

お常がぽつりと口にすると、困ったように誰も口を閉ざした。

なにか言えば、市兵衛の〈老い〉に触れることにもなりかねず、用心したと思われる。

「さて、ひと休みするか」

六平太は、懐から出した草履に足を通すと、菅笠を取って路地の方に向かった。

『市兵衛店』は、二階屋と平屋の三軒長屋が二棟、路地を挟んで向かい合っている。

「秋月さんをお訪ねですよ」

二階屋の一番奥の家に入りかけた時、背中で三治の声がした。

井戸端の方から、三治に連れられて現れたのは、四谷《よつや》にある相良《さがら》道場で長年働く、下男の源助《げんすけ》だった。

「それじゃあたしは」

三治がそう声を掛けて六平太の向かいの家に入るとすぐ、

「相良先生からの言付《ことづ》けをお届けに参りました」

源助は丁寧に頭を下げた。

明日、道場にお出で願いたい——源助は用件を口にした。

「承知した」

六平太は、きっぱりと返事をした。


浅草福井町《ふくいちょう》界隈に夕焼けの色はすでにない。

六つ半（七時頃《ごろ》）という刻限で、日は西に沈んでいるが、明るみはまだ残っている。

昼前に、一旦、『市兵衛店』に戻って転寝《うたたね》を決め込んだ六平太は、八つ半（三時頃）には目覚め、着物を替えてから木挽町の芝居茶屋に戻ったのだ。

そこで、芝居見物を終えた両替屋の娘とその友達に付添い、日本橋に送り届けての帰り道である。

日本橋から『市兵衛店』に戻るなら、神田川に架かる新シ橋《あたらしばし》を渡る方が近道なのだが、六平太はひとつ下流に架かる浅草橋へと回った。

『市兵衛店』に戻ってひと休みした今日の午後、再度、木挽町の芝居茶屋に足を向けた六平太は、気落ちしているという市兵衛の様子を見てみようと、福井町の家に立ち寄っていた。

その時は、

「あら、せっかくでしたねぇ秋月様」

応対に出た女房のおこうは、市兵衛はたった今、浅草御蔵近くの寺へ出掛けたということだった。

六平太がさりげなく市兵衛の様子を聞くと、

「なんだか、縁側でお茶飲んだり、一人で碁盤に向かったりしてる時なんか、時々ぼやくんですよ。倅《せがれ》は休む間もないだろうが、せめて、女房が気を利かせて、孫たちをこっちによこしてもよさそうなもんじゃないか、なんてね。この前なんか、ふっと、このところ、秋月様や佐和さんの顔もみかけないなぁって、ぽつりと洩らしてましたがね」

おこうは笑ってそう口にしたが、

「年よりのぼやきは自分勝手なもんですから、気にしないで下さいよ」

とも気遣ってくれた。

だが、おこうから聞いた市兵衛のぼやきは、芝居見物の娘を送り届けた後も、六平太の胸に引っ掛かっており、『市兵衛店』へ帰るついでに、もう一度福井町の家に寄ることにしたのだ。

以前のように囲碁を打つことも減り、火消しの女房となった佐和も、九つになるおきみと三つの勝太郎の子供二人を抱えて、元鳥越へ頻繁にやって来ることもままならなくなっている。

信濃《しなの》国、十河《そごう》藩加藤《かとう》家の江戸屋敷勤めをしていた六平太が、藩を二分する抗争に巻き込まれた挙句、謂《いわ》れのない謀反の疑いを掛けられてお家を追放されて浪人となったのが、今から十五年前のことだった。

お家の役宅を追われた六平太は、義母とその連れ子だった佐和と共に、初めて町家住まいをすることになり、市兵衛の家作である『市兵衛店』の店子《たなこ》になったのだ。

浪人になってすぐの頃の六平太は、お家の理不尽な仕打ちに怒り、荒れて、野良犬のように盛り場を徘徊《はいかい》して、義母と佐和の暮らす『市兵衛店』に寄り付きもしなかった。

仕立て直しで細々と暮らしを立てていた義母と佐和に同情を寄せていた市兵衛は、改心した六平太が付添い屋稼業に勤《いそ》しむようになってからも、なにかあると、放蕩《ほうとう》の限りをつくしていた時分の行状を持ち出しては、ちくりと刺すことがあった。

初めて会った頃の市兵衛は、恐らく五十に近い年恰好《としかっこう》だった。

それから十五年ということは、六十の坂をとうに越している。

ちくりと刺していた市兵衛の棘《とげ》の威力を、このところ味わっていないことに、六平太はふと気付いた。

そんな気力が無くなったのは、やはり年のせいだろうか。

市兵衛の顔の皺《しわ》や白髪を増やして老けさせた一端は、自分が負っているのではないのか――ふと、そんな思いに駆られた途端、浅草橋を渡った六平太は足を止めた。

浅草福井町は、一町先の四つ辻《つじ》を左に曲がった先にあるのだが、市兵衛と顔を合わせるのが、いささか気が重くなった。

「ふう」

大きく息を吐いて、大股《おおまた》で歩き出した六平太は、福井町へは向かわず、四つ辻をまっすぐに進み、御蔵前へと急いだ。


御蔵前の中之御門《なかのごもん》から鳥越明神の方へ西に延びている往還は、すっかり暮れている。

往還の両側に立ち並ぶ、桶《おけ》屋、瀬戸物屋、道具屋、仏具屋などは表戸を下ろしているが、旅籠《はたご》や飲み屋、小ぶりな料理屋の提灯《ちょうちん》などの明かりが道に零《こぼ》れていた。

行く手の軒下に下がっている見慣れた赤い提灯が眼に入って、六平太は歩を緩めた。

墨で『金時《きんとき》』と書かれた提灯の横に立って、開けっ放しになっていた障子戸から中を覗《のぞ》くと、それほど混《こ》み合ってはいない。

煮炊きの匂《にお》いに釣られて暖簾《のれん》を割って足を踏み入れた途端、

「いらっしゃいませぇ」

お運び女のお船《ふね》から声が掛かり、

「あっちあっち」

と、座る場所まで指図をされた。

お船が指した先に眼を遣《や》ると、板張りの奥で飲み食いをしていた三治と熊八、それに大工の留吉と眼が合った。

「来てたのか」

土間を上がった六平太は、留吉と三治の間に座り込んだ。

「あたしも熊さんも、夕餉を作るのが面倒くさくなったもんですから」

三治が言い訳をすると、

「二人がこそこそ出掛けるもんだから、俺も付いて来ちまった」

留吉は、ふふと笑って、紺木綿の腹掛け姿で胸を張った。

「秋月さん、なんにしますか」

お船が、土間に立ったまま声を張り上げた。

三治たちの前には二合徳利《どくり》が二本あり、そのほかに、南瓜《かぼちゃ》の煮物、茄子《なす》の煮びたし、赤貝と胡瓜《きゆうり》と生姜《しようが》の酢味噌和《すみそあ》えがある。

「二合徳利と鰹《かつお》のたたき、それと里芋を急いでな」

「はぁい」

お船は、六平太の注文に返事をすると、板場に駆け込んだ。

「まずは、あたしらの酒で」

三治の勧めを素直に受けて、六平太は酒を注いでもらった。

「秋月さん、お聞きだと思うが、熊の野郎は、祟り除けと称するお札で荒稼ぎしてやがるんですよ」

口を開いた留吉が、盃《さかずき》を口に運びながら熊八に眼を向けた。

「そのような申されようは、いささか腑《ふ》に落ちませんがね」

「それじゃ熊さん、川辺霊神の悪霊や、湯島天神に押し寄せる雀が何かの祟りだというのは」

三治が、熊八の方に身を乗り出した。

「霊岸島のしゃれこうべは、おそらく水死人の骨でしょうし、湯島天神の雀というのは、おそらく、あとりという小鳥です」

「あとりとは」

六平太が口を挟んだ。

「北の方角から飛んできて江戸で一休みをし、その後、方々へと飛び立つ渡り鳥ですから、二つとも、悪霊とか祟りとかいうものではありません」

熊八は、落ち着き払っている。

「だけども、悪霊退散、祟り除けにお札は要《い》らんかと言って売り歩いてるんだろう」

留吉が、酒に酔った眼を向けた。

「わたしは、川辺霊神が悪霊だとか、天神様の雀どもが祟るとは一言も口にしてはおりません」

「けど、お札を買う者は、悪霊退散、厄災除けだと思うだろう」

三治も食い下がった。

「悪霊退散や厄災除けを願う人にすれば、わたしが売るお札でも、気は紛れているはずですがね」

大道芸人、熊八の揺るぎのない指針は、見事としか言いようがない。

「お待ちどおさまぁ」

お船が、六平太が注文した酒と料理を運んできて、板張りに置いた。

「それよりも秋月さん、さっき、ここに入って来た時の顔に精彩がありませんでしたが、なにかありましたか」

三治が、六平太を窺《うかが》うように見た。

「いや、ちょっとね」

曖昧《あいまい》に誤魔化して、六平太は盃の酒を一気に飲んだ。

おそらく、市兵衛に会うのを避けた後ろめたさが顔に出ていたのかもしれない。

「大家の孫七さんやお常さんが、このところ市兵衛さんに元気がないと言っているのが気になってるんだよ」

六平太は、おこうから聞いた市兵衛の様子は伏せた。そして、

「なんとか元気にさせる手はないものかと、思案してたもんだからよ」

「秋月さんはそういうが、市兵衛さんが元気になると、何かとうるさくなるぜぇ」

留吉が首を傾《かし》げた。

「おれとすれば、少し、うるさくなってもらいたいんだよ」

「だったら秋月さん、市兵衛さんを怒らせるようなことをすればいいんじゃありませんかね」

三治がそう言い切った。

その発言には留吉も乗って、

『店賃を溜《た》める』

『借金をして返さない』

『路地のどぶ板を剝《は》がして焚《た》き付けにする』

『市兵衛を囲碁に誘って、勝ち続ける』

などと、様々な意見が飛び出したが、

「そんなことをして、さらに落ち込んだらどうするんですか」

という熊八の声に、一同は口を閉ざし、六平太の申し出は頓挫《とんざ》した。

二

空には薄雲が広がって、昨日のような暑さではない。

夜明けとともに目覚めた六平太は、当番になっている稲荷《いなり》の祠《ほこら》の掃除を済ませた。

昨夜、居酒屋『金時』から持ち帰った煮物とお結びふたつを朝餉とし、家の中の掃除までしてしまった。

五つ（八時頃）過ぎに、四谷にある、立身《たつみ》流兵法の相良道場へ向かうべく『市兵衛店』を出たのだが、その前に口入れ屋『もみじ庵《あん》』に立ち寄ることにした。

『もみじ庵』のある神田岩本町《いわもとちょう》から四谷へは神田川沿いを西へ向かう道程だから、それほど遠回りにはならない。

藍染川《あいそめがわ》に架かる弁慶橋《べんけいばし》という小橋の近くにある『もみじ庵』の土間に足を踏み入れると、

「おいでなさい」

帳場で帳面付けをしていた親父《おやじ》の忠七《ちゅうしち》が眼を上げ、愛想のない声を発した。

「なにか、付添いの用はないかと寄ってみたんだがね」

「なにもありませんな」

つれない返事をしてしまったと思ったのか、

「お待ちください」

忠七はすぐに、帳場格子に下げていた帳面を取って広げた。

「やっぱり、付添いの依頼はどこからもありません。木場《きば》の『飛騨屋《ひだや》』のお内儀《ないぎ》さんからも登世《とせ》さんからも、このところ声は掛かっておりませんな」

帳面を閉じると、忠七は上目遣いで六平太を見た。

『飛騨屋』というのは、木場の材木商のことである。

そこのお内儀のおかねと娘の登世は、六平太の付添い稼業の長年のお得意先なのだ。

物言いも人となりも穏やかなおかねとは似ても似つかない登世は、なにごとも曖昧には済まさないというような、利発さがある。

何が気に入られたのか知らないが、母娘《おやこ》からは、度々付添いを頼まれる。

付添いの他にも、『飛騨屋』とはなにかと交流があった。

季節ごとの催事に招いてくれるし、珍しい食べ物が手に入ったと言っては、『市兵衛店』にまで届けてくれる。

特段の用もなく、通りがかりに立ち寄った時も、帰りがけには、おかねがそっと煙草銭《たばこせん》と言って一朱か二朱を袂《たもと》に入れてくれたから、以前、借金返済に汲々《きゅうきゅう》としていた時分は大いに助けられたものだ。

「しかし、このところ、『飛騨屋』さんから声が掛からないというのは気懸りですなぁ。もしかすると、登世さんの嫁入りが決まったのかもしれませんねぇ」

「それだといいがね」

忠七に話を合わせた六平太は、今日明日は音羽《おとわ》に行っていると告げて、『もみじ庵』を後にした。

日射しは強くないが、持ってきた菅笠を被《かぶ》って神田川に架かる昌平橋《しょうへいばし》へと歩を進めた。

『飛騨屋』の母娘から、このところ付添いの声が掛からないのは、登世の嫁入りのせいではないかと忠七は口にしたが、本当の訳を六平太は知っている。

最近登世は、深川の幼馴染《おさななじみ》たちと語らって、『いかず連《れん》』なるものを結成した。

周囲からの縁談を撥《は》ねのけて、生涯独り身を貫こうという、娘四人の勇ましい集まりだった。

ところがすぐに、おきんとお菊《きく》という娘二人の縁談が分かり、登世は、

「やめてもらいました」

と、鼻息を荒くしていた。

七夕が過ぎた一夕、料理屋に招かれた六平太は、『いかず連』にはその後、三人の娘が加入したと聞かされ、

『五人に増えた「いかず連」は、今後も様々に飛び回るので、以前同様付添いを頼む』というようなことを、登世から承った。

その時の登世の様子は意気軒昂《けんこう》ではあったが、結成早々、幼馴染の二人に抜けられた痛手を見せまいとする、虚勢のようでもあった。

登世がしばらく鳴りを潜めているのは、『いかず連』の新たな加入者の勧誘に奔走していたからに違いあるまい。


相良道場は、立身流を指南する道場である。

立身流兵法は、室町時代末期の創始と言われる刀術を中核としているが、他に、俰《やわら》や槍《そう》術、棒術、捕縛術、四寸鉄刀、長刀《なぎなた》と、武術全般を網羅している流派だった。

かつて、信濃国十河藩の江戸屋敷の供番を務めていた時分、六平太は四谷の道場によく通っていた。立身流の幅広い武術は、藩主の乗り物近辺を警固する役目を担う六平太にはうってつけだったのである。

四谷御門から内藤新宿《ないとうしんじゅく》へと延びる四谷大通から北に、御仮屋《おかりや》横町に入り込んだ小路の先に相良道場はある。

エイエイという門人たちの掛け声が、道場の外にまで届いていた。

五つ半（九時頃）から四つ半（十一時頃）の朝稽古の終わりに、素振りをしている声だろう。

門を潜って母屋《おもや》に向かった六平太は、源助の案内で、道場主、相良庄三郎《しょうざぶろう》の居室のある離れへと向かった。

「しばらくお待ちを」

源助は、六平太を縁側の部屋に通すとすぐ、道場のある母屋の方へ去った。

六平太が縁の向こうの庭に向かって座るとすぐ、足音が近づいてきた。

「急な呼び出しですまなかった」

そう言いながら部屋に入った白の袴《はかま》と道着姿の庄三郎は、六平太の前で胡坐《あぐら》をかいた。

「今日は、門人のお相手をなさいましたか」

「軽くだがな」

庄三郎は、小さく笑みを浮かべて答えると、

「早速だが、相良道場の師範代である六平太に、大名家の御屋敷内にある道場への出稽古を頼みたいのだ」

と真顔になった。

明日、十八日の午後と、その翌日の朝の稽古に立ち合ってもらいたいとのことだった。

「大名家と申しますと」

「ここにも何人か通ってきている、遠江国《とおとうみ》、森掛藩《もりかけ》なのだ」

庄三郎によれば、森掛藩下屋敷にある立身流の道場『練志館《れんしかん》』には、何年も前から、月に一度ほど出稽古に行っているのだが、明後日はどうしても外せない用が出来《しゅったい》したのだということだった。

「岩村半助《いわむらはんすけ》や小菅新之助《こすげしんのすけ》が、たしか森掛藩では」

「左様。岩村半助には、着替えたらここに来るように言うておいた」

庄三郎は、相良道場に通う門人の名を口にした。

森掛藩では、三、四代前の藩主の頃から、立身流兵法を藩士に推奨しているのだとも付け加えた。

「森掛藩江戸屋敷に務めていた藩士の中には、役目の都合などで四谷まで通えなくなった者もいたのだよ。そんな元門人たちの要望に応《こた》えて、月に一度、下屋敷の道場『練志館』に出稽古に行っておったのだ」

庄三郎の説明に、六平太は大いに得心し、明日と明後日の代稽古を引き受けた。

「岩村半助、参りました」

部屋の外から声がして、着替えを済ませた門人の半助が縁に膝を揃《そろ》えた。

「半助、入るがよい」

「は」

庄三郎に勧められるまま部屋に入ると、半助は会釈をして六平太の近くに腰を下ろした。

「秋月六平太が、代稽古に行くと承知してくれたぞ」

「あ、左様ですか。それはありがたい。秋月先生、よろしくお願いします」

半助は、額《ひたい》を畳にこすりつけるように手を突いた。

「半助、おれを先生呼ばわりするのはよせ」

「は」

半助は六平太の申し出を素直に聞き入れて顔を上げ、照れたように、片手を頭に遣った。

「六平太には、出稽古の手順を大まかに伝えておく方がよいぞ」

「は」

返答した半助は、少し改まって六平太に体を向けた。

「森掛藩下屋敷は、荏原《えばら》郡白金村《しろかねむら》にございます。明日の稽古は、『練志館』道場に於《お》いて、八つ（二時頃）からとなります。その日の稽古の後は、近くの料理屋で秋月先生を囲み、『練志館』の有志とともに、ささやかではありますが、夕餉《うたげ》の宴を催します」

「それはありがたい」

六平太の目尻が下がった。

「翌日の朝稽古は、五つに始めまして、四つ（十時頃）に終えていただきます」

「承知した」

六平太が返答すると、

「明日は、浅草元鳥越の長屋に昼前にお迎えに上がり、白金村の『練志館』までお連れしようと思いますが」

「それは無用だよ」

「しかし、下屋敷の場所が分かりにくいかと」

「白金村に着いたら、土地の者に尋ねるさ。それに、明日は護国寺《ごこくじ》の方から直《じか》に行くんだよ」

六平太が返事をすると、

「四谷に来た六平太には、いつも足を延ばすところがあってな」

庄三郎は、勿体《もったい》ぶった顔で半助にそういうと、すぐに、ふふふと笑い声を洩らした。

四谷の相良道場を後にしてから、既に一刻が経《た》っている。

六平太は、庄三郎が口にした通り音羽《おとわ》に足を延ばし、護国寺境内の茶店で心太《ところてん》を二つ腹に収めたばかりである。

音羽には、長年馴染んだ情婦のおりきがいる。

おりきと同じくらい付き合いの長いのが、江戸川橋近くの音羽桜木町《さくらぎちょう》に住む、毘沙門《びしゃもん》の甚五郎《じんごろう》という音羽一帯に睨《にら》みを利かせる男である。

同じころ知り合い、六平太を『兄ィ』と呼んで慕っていた菊次《きくじ》は、四年前に甚五郎から暇《いとま》を貰《もら》い、音羽八丁目の居酒屋『吾作《ごさく》』の主となっている。

六平太には、音羽に着いたら最初にどこに顔を出すという決め事は、特段なかった。最初に顔を出すところは、どの道を通って音羽に着いたかによって変わる。

大塚《おおつか》を通って、護国寺門前に出る時は『吾作』の菊次のところが先であり、牛込《うしごめ》を通って江戸川橋を渡る時は、一番近い音羽桜木町の甚五郎に挨拶するだけのことなのだ。

この日、六平太はどこにも寄らず、一目散に護国寺の境内に飛び込んだ。

これまで何十何百と歩いた四谷から音羽への道が、この日はやけに疲れた。大した日射しでもないのに、息苦しく、喉も渇いた。

その上、珍しく甘いものを欲したのは、夏の疲れが今頃になって顔を出したのかも知れなかった。

心太の後、団子と茶を腹に収めて人心地がついた六平太は、両膝を叩いて床几《しょうぎ》から腰を上げた。

山門を潜ると、眼の前に護国寺門前の町並みが江戸川の方へなだらかに下がっている様が見て取れる。

その町並みを東西に分けるように、門前の広道から音羽桜木町へと貫いているのが道幅の広い参道である。

旅籠や料理屋をはじめ、多くの大店や小商いの商家が軒を並べている昼下がりの参道を、社寺詣での人々や札所巡りの一団をはじめ、荷を積んだ大八車や空馬、担ぎ商いの男や女、棒手振《ぼてふ》りなどが長閑に行き交っていた。

門前の音羽町一丁目から坂下の九丁目方面へと歩き出した六平太は、少し迷った。関口駒井町《せきぐちこまいちょう》へ行っても、おりきは髪結い仕事で出掛けているかもしれない。音羽八丁目の『吾作』に寄るか、いっそ、竹細工師の作蔵《さくぞう》に会いに雑司ヶ谷《ぞうしや》まで行ってみるか。

思案しながら歩を進めていた六平太の眼に、四丁目と五丁目の間の小路から、曳《ひ》いた荷車を囲むようにして現れた五人ほどの男の塊《かたまり》が飛び込んだ。

参道を東から西へ横切ろうとした男たちの塊が、六平太の行く手で止まった。

「秋月さんじゃありませんか」

声を掛けたのは、塊の中でも重厚な体格をした毘沙門の甚五郎だった。

その周りにいた毘沙門の若い衆、六助《ろくすけ》、竹市《たけいち》、三五郎《さんごろう》が会釈をすると、一緒にいた穏蔵《おんぞう》も、六平太に小さく頭を下げた。

「親方まで駆け回るとは、何ごとですか」

「盂蘭盆会が過ぎたとはいえ、秋は何かと催し事ごとが目白押しでしてね。神社や寺の境内の竹垣の修繕やらなにやらで、二手に分かれて飛び回ってますが、猫の手も借りたいような始末でして」

甚五郎は困ったような笑みを浮かべたが、実際に困っているのではない。

音羽一帯や岡場所《おかばしょ》の治安と防犯に眼を光らせながら、護国寺はじめ、多くの寺社の催事に人が押し掛ける際の警備などに尽力する毘沙門の一党からは、いつも、町のために働く喜びが零れ出ているのを知っていた。

「これは毘沙門の親方、秋月様まで」

甚五郎と六平太たちの近くで足を止めたのは、音羽四丁目の小間物屋『寿屋《ことぶきや》』の主、八郎兵衛《はちろべえ》である。

「いつもお世話になります」

同道していた娘の美鈴《みすず》が頭を下げたのは、町のために尽力する甚五郎への労《ねぎら》いだろう。

「では、わたしどもは」

辞儀をした八郎兵衛は、美鈴を従えて護国寺の方へ向かった。

去り際の美鈴が、穏蔵に向けて微《かす》かに会釈をしたのを、六平太は見逃さなかった。

「秋月さん、わたしはここで失礼しますが、今夜『吾作』で如何《いかが》ですか。おりきさんともども」

「承知した。六つ半（六時頃）ぐらいに」

「それでは」

甚五郎は頷《うなず》くと、若い衆を引き連れて参道を西へ横切った。

一団の最後尾に付いていた穏蔵の背中が、裏道へと入り込んで消えた。

「秋月の旦那、あの穏蔵って毘沙門の若い衆を知っておいでかい」

楊弓場《ようきゅうば》の矢取り女のお蘭《らん》が、笄《こうがい》で髪の毛をいじりながら六平太の横に立った。

「何度か見たことはある」

六平太がぶっきら棒に返答すると、

「あの若い衆に、小間物の『寿屋』から養子の口が掛かったそうだよ」

お蘭は、穏蔵たちが向かって行った方に眼を向けて呟《つぶや》いた。

「なのにさ、それを断ったっていうんだから、勿体ない話だよ」

唸《うな》るように口にしたお蘭は、笄を髪に挿した。

小間物屋『寿屋』から穏蔵に養子の口が掛かった件も、それを断った事情も六平太は勿論《もちろん》知っている。『寿屋』の養子ということは、娘の美鈴の婿になることであった。

「どういうわけか知らないけど、穏蔵って若い衆は、なにかにつけておりき姐《ねえ》さんに相談を持ち掛けてるらしいよ」

「ほう」

お蘭の話は初耳だった。

「二人が歩いてるところを見たこともあるが、あれはまるで母子だよぉ」

「年を考えろよ」

六平太は笑って言うと、

「穏蔵が十五ということは、おりきは十八で産んだってことになるぜ」

そう付け加えた。

「いくつかなんて、よく知ってるね」

「おりきと、何年の付き合いだと思うんだよ」

「あたしが言ったのは、穏蔵って若い衆の年だよぉ」

口を尖らせたお蘭に、六平太は返す言葉を失った。

三

音羽八丁目の裏道は、六つともなると黄昏《たそがれ》たように暗くなる。

護国寺の参道には夕焼けの名残《なご》りがあっても、一本西側を平行に貫いている裏通りは、切り立っている関口台地の陰にあるから、いつも早々と翳《かげ》る。

八丁目の裏道の角にある居酒屋『吾作』の中は、仕事帰りの職人や、歓楽の町に繰り出そうと目論《もくろ》む男どもで、七分ほどの入りである。

楊弓場のお蘭と立ち話をした後、六平太は関口駒井町に行っていたが、おりきが髪結いの道具箱を下げて帰って来たのは、七つ半（五時頃）だった。

「これから湯を沸かして、汗を流し終わったら着替えますから、六平さん、構わないから先に『吾作』に行っててくださいよ」

おりきに勧められて、六平太は素直に従った。

甚五郎との待ち合わせは、六つ半だったが、六平太は六つ少し過ぎには『吾作』の客になっていた。

板場の菊次に冷や酒と漬物を頼んだ後は、

「おれのことは構わないでいいよ」

一人でてんてこ舞いしているお運びのお国《くに》にそう言って、他の客の用事に専念させた。

お国が菊次と所帯を持ったのは半月ほど前だが、阿吽《あうん》の呼吸で『吾作』を切りまわしている。

「あたしが言ったのは、穏蔵って若い衆の年だよぉ」

ぐい飲みに残っていた酒を飲み干した途端、お蘭の口から出た言葉を思い出して、六平太は苦笑いを浮かべた。

穏蔵はおれの倅なんだよ――口にこそ出さなかったが、腹の中で呟いていた。

浪人になってすぐの頃、何もかも荒《すさ》んでいた六平太は、板橋《いたばし》宿の飲み屋の女に産ませた子に、穏蔵と名付けた。

その頃の六平太には、母親と幼子を養う余力も気力もなく、顧みることは殆《ほとん》どなかった。

しかし、穏蔵が三つの時に、母親は病に倒れて息を引き取ったのである。

六平太は、思い悩んだ末に、以前から六平太が頼りにしていた雑司ヶ谷の竹細工師、の口利きで、穏蔵は、養蚕家《ようさんか》の豊松《とよまつ》夫婦の養子となって八王子《はちおうじ》で育った。

それから十二年が経ったこの春、養父の豊松の伝手《つて》で日本橋の絹問屋に奉公することになった。

ところが、お店に馴染むことが出来ず、早々に奉公先を逃げ出して、雑司ヶ谷で竹細工師になっていた亡き弥兵衛《やへえ》の息子、作蔵を頼ったのである。

穏蔵は八王子へ帰ることを頑《かたく》なに拒み、その挙句、毘沙門の甚五郎の元で仕事をしたいと口にした。すると、その思いを甚五郎が受け入れたのだ。

あちこち飛び回る毘沙門の仕事はかなりきつい。

早々に音《ね》を上げるに違いないと踏んでいた六平太の予想に反して、穏蔵はついに夏場を乗り切ってしまったのである。

今のところ、穏蔵が六平太の子供だと知っているのはおりきと浅草に住む佐和だけだ。

他には誰にも言っていないが、甚五郎はうすうす感付いているような気もする。

「いらっしゃい」

お国の声に釣られて戸口を見ると、白っぽい着物に紺の帯を締めたおりきが入って来るのが見えた。

するとおりきから少し遅れて、甚五郎が店の中に姿を現した。

「あら、親方」

「おりきさんの背中が見えたんで急いだんだが、追いつけなかったよ」

甚五郎はおりきに笑いかけると、六平太が掛けている奥の卓に近づいた。

卓を挟んだ向かいに甚五郎が腰掛け、六平太の横におりきが並んだ。

「料理はすぐに用意しますので」

お国が、二合徳利と二つのぐい飲みを置きながら告げると、

「料理はおれに任せてもらいますよ」

板場から菊次の威勢のいい声がした。

「それでいいよ」

そう答えた甚五郎に、おりきが徳利を近づけた。

「最初だけ」

「どうも」

甚五郎は、ぐい飲みでおりきの酌を受けた。

おりきの手から徳利を取った六平太が、おりきに酌をしてから、己のぐい飲みに注《つ》いだ。

「あとはいつも通り手酌ということで」

六平太が小声で言うと、それに合わせるように軽く掲げたぐい飲みを、三人は口に運んだ。

「六平さんから聞きましたけど、親方も若い衆とあちこち飛び回っておいでだそうで」

おりきが話を切り出した。

「おれが毘沙門に居た時分も、この時期はあちこち飛び回ってましたからねぇ」

板場の菊次が、話に割って入った。そしてすぐ、

「穏蔵は、音を上げてませんか。ほら、小間物の『寿屋』に婿養子に入る話が立ち消えになった一件もあるし」

と、気遣わしげに尋ねた。

「そのことは心配することはねぇよ。『寿屋』の旦那は、穏蔵の方から断ったことなんぞ、なんとも思っちゃいなさらねぇ。以前にも増して穏蔵を気に入っておいでだし、いずれは養子に迎えたいという思いがおありのようだよ」

しみじみと口にした甚五郎は、ぐい飲みの酒をちびりと舐《な》めた。

楊弓場のお蘭も口にしていたが、『寿屋』から養子にと望まれた話を断ったのは、穏蔵であった。

そう決心させたのは、おりきからの叱責が大きな要因だったようだ。

「ここのとこ、穏蔵さんがなんだか、毘沙門の仕事の合間に、ひょっこりあたしの家に顔を出すことがあるんだよ」

ぐい飲みを口に持って行きかけたおりきが、ふふと笑って洩らした。

運ばれた料理を三人で散々口にし、二合徳利を二本も空《から》にした時分である。

「顔を出しちゃ、なにか力仕事はありませんかとか、困ったことはありませんかとか、気にかけてくれるのはありがたいが、毘沙門の若い衆をこき使うわけにいきませんからさぁ」

「なぁに、構うことはありませんよ、おりきさん。何か手が要る時はこき使ってくれていいんですよ」

甚五郎は真顔で頷く。

小さく笑って、ぐい飲みの酒を一口飲んだおりきは、

「この前、仕事帰りにお不動様の門前でばったり会った時は、この先も、自分が間違ったことをしたら、遠慮なく叩いて下さいというじゃありませんか。だから、言ってやりましたよ。あたしゃ髪結いだから、叩くより結うのが本職だよって、へへへ」

「なんだか、嬉《うれ》しそうじゃねぇか」

六平太は、ほんの少しからかってみた。すると、

「喜んじゃいけませんか」

おりきが、酔った眼で睨みつけてきた。

「誰かに頼られているというのは、嬉しいもんですよ。あかの他人とは言えね」

しみじみと口にした甚五郎は、美味《うま》そうに酒を口に含んだ。

「もしかしたら穏蔵さん、おりきさんのことを、おっ母《か》さんみたいに思ってるんじゃ

ありませんかねぇ」

謡《うた》うように声を張り上げたお国が、空いた器をお盆に重ねると、板場の洗い場へ下げて行った。

開けっ放しの戸口から、夜風とともに、鐘の音が店内に入り込んだ。

五つを知らせる目白不動《めじろふどう》の時の鐘である。


翌日、朝の七つ（四時頃）に音羽を出た六平太は、正午少し過ぎに荏原郡白金村に差し掛かっていた。

日が高くなるにつれて日射しも強くなったが、菅笠のお蔭《かげ》もあって、息が詰まるほどの暑さは感じなかった。

音羽から、千代田城の外堀に出た六平太は、赤坂《あかさか》御門近くの茶店に立ち寄り、冷水を飲んで喉を潤しただけで、ほとんど歩き詰めだった。

麻布《あざぶ》を経て、清正公を祀る覚林寺《かくりんじ》前から日吉坂《ひよしざか》へと上がる道は白金大通と言い、下《しも》目黒村《めぐろむら》の目黒不動へも通じる往還であった。

六平太は、日吉坂を上がり切った先の、白金台町《しろかねだいまち》の一膳飯屋に飛び込んだ。

笠を取り、飯と味噌汁に目刺しと酢の物の付いた昼餉を注文すると、縁台に腰を掛け、手にしていた風呂敷《ふろしき》包みを脇に置いた。

「少しお待ちを」

六平太の横に茶を置いた小女は、明るい声を上げて板場に引っ込んだ。

往還は日射しを受けているが、屋根の下は日陰になっていて幾分か涼やかである。

風呂敷包みの中身は、今朝早く髪結いに出掛けるおりきが、代稽古の後の着替えにと持たせてくれた下帯二本と着物一枚、それに襦袢《じゅばん》や手拭いである。

音羽で何日も過ごすこともあるから、関口駒井町のおりきの家の押入れには、六平太の着替えの入った柳行李《やなぎごうり》が置いてあった。

「お待ちどおさま」

茶を呑《の》み終えた頃、小女が、注文の昼餉を運んで来た。

腹を空《す》かせて待っていた六平太は、早速、箸《はし》を手にした。

「ちとものを尋ねるが」

昼餉を大方食べ終えた頃、湯呑《ゆのみ》に茶を注ぎ足しに来た小女に声を掛けた。

「この辺りに、遠江国、森掛藩の下屋敷があると思うのだが、知っているかね」

「ええとね」

小女は、思案するように軽く天を仰ぐと、人差し指をしきりに動かしながら独り言を口にしはじめた。

「あそこはぁ、肥前大村《ひぜんおおむら》の丹波守《たんばのかみ》様で、その奥が三河西尾《みかわにしお》の松平《まつだいら》様の中屋敷、で、あっちは讃岐高松《さぬきたかまつ》の松平様だから。あ。表の道を目黒の方に少し行ったら、右に入る道がありますから、それを道なりに行くと、一つ目の京極《きょうごく》様のお屋敷のひとつ向こうが、確か、森掛藩内藤《ないとう》様ですよ」

そういうと、小女は確信したように大きく頷いた。

森掛藩内藤家の下屋敷の門前には畑地が広がっており、その少し先に寺の大屋根が望めた。

扉の開け放たれた門に立って声を掛けると、奥からお仕着せの半纏《はんてん》を羽織った中間《ちゅうげん》が出て来た。

森掛藩内藤家の下屋敷かと問うと、

「左様です」

と、中間は頷いた。

六平太は名を名乗り、来訪の用件を告げて、『練志館』道場の岩村半助への取次ぎを乞うと、

「こちらへ」

中間は丁寧に頭を下げて、六平太の先に立った。

中間の案内で敷地に足を踏み入れ、母屋の建物を右へ迂回《うかい》するように奥へと進んだ。

大名家の下屋敷は、江戸の中心地から離れた広い土地に作られているため、多くは上屋敷などより敷地は広い。

十万坪二十万坪の広さを持つ大名家の下屋敷に比べたら、森掛藩の敷地は小ぶりだが、それでも三千坪の広さは優にあると思える。

「ここが『練志館』ですので、お上がりになってしばらくお待ちください」

中間は腰を折ると、その場を急ぎ立ち去った。

六平太は、『練志館』の建物に眼を遣った。

瓦屋根の平屋の木造の建物は、ところどころ板壁の修繕の跡もあるが、手入れは行き届いている。

道場の建物からは渡り廊下が延びて、他の棟と繋《つな》がれている。

渡り廊下の近くに出入り口があり、草履を脱いだ六平太は、五段の階段を上がって道場の中に足を踏み入れた。

磨かれた道場の床板は、少なくとも五十畳ほどの広さはある。

その床板に、板壁に設《しつら》えられた幾つもの無双窓から日が射し込んでいる。

床板から五、六寸（約十八センチ）高くなった三畳ほどの見所の背後には神棚が祀られ、その横には『圓』と書かれた掛け軸が下がっていた。

「秋月先生、お待ちしておりました」

道場内に聞き覚えのある半助の声が響き渡った。

半助が、恰幅《かっぷく》の良い二人の侍に従って渡り廊下から現れると、六平太は見所の近くに膝を揃えた。

侍二人が六平太と対座するのを待って、半助は少し背後に控え目に座ると、

「四谷の相良道場師範代、秋月六平太先生です」

と、侍二人に六平太を指し示して引き合わせた。

「秋月六平太と申します」

静かに頭《こうべ》を垂れた。

「某《それがし》は、当道場の師範、鳥飼鉄之助《とりかいてつのすけ》にござる」

五十ほどの、古武士のような風貌の侍が、両手を膝に置いて上体を前に倒した。

「同じく、師範代、榊猪太郎《さかきいたろう》と申します」

鳥飼よりも筋骨逞《たくま》しい、四十そこそこの侍が名乗った。

「この度は、相良先生の代稽古をお引き受け下さり、お礼を申し上げる」

「相良先生の名代とは恐れ多いことではございますが、なにとぞよろしゅう」

六平太は、礼を述べた鳥飼に頭を下げた。

「四谷の相良道場に通っていた者や、今も通うこの岩村たちから、秋月殿のお噂《うわさ》はたびたび伺っておりましたので、お会いできるのが楽しみでもございました」

榊は、人懐っこい顔に笑みを浮かべ、さらに、

「当家にはもう一つ、一刀流《いっとうりゅう》の道場が三田《みた》の中屋敷にあって、そこは近くてよいのですが、借りるわけにもゆかず、遠くまでお出で頂くことになってしまい恐縮しております」

「遠いなどと、とんでもない。お気遣いは無用に願います」

気遣った榊にそう返答した六平太は、仕事柄、この近辺にはよく来るのだと打ち明けた。

「仕事柄と申されると」

榊が首を捻《ひね》って問い返すと、

「秋月先生は、付添い屋という稼業に勤しんでおいでtoo」

六平太に成り代わって、半助が答えた。

「つまり、商家のご隠居やか弱い婦女子に付き添って、行楽やお寺参りのお供をするのですよ。春には、目黒名物の筍飯《たけのこめし》を目当てに訪れ、秋には目黒不動や明王院《みょうおういん》の紅葉見物にと、こちらにも何度か足を延ばしたもんです」

六平太は丁寧に説明したのだが、口を半分ぽかんと開けた鳥飼と榊からは一声もなかった。

おそらく、付添い屋稼業のなんたるかを分かってもらえなかったようだ。

四

白金大通に面した料理屋の二階の座敷は、夕日の色に染まっている。

場所は、六平太が昼餉を摂《と》った一膳飯屋から、二町（約二百二十メートル）ほど目黒寄りにある。

瑞聖寺《ずいしょうじ》という大寺の向かいにある、旅籠を兼ねた料理屋だった。

目黒不動へ通じる往還ということもあって、道の両側には料理屋や旅籠、茶屋や居酒屋が多い。

「秋月様に泊まって頂く旅籠は、慰労の夕餉を催す場所ですから、お疲れになったらいつでもお休みになれます」

この日、『練志館』での稽古を終えた後、半助が六平太を旅籠に案内してくれたのである。

コの字形に配された夕餉の膳には、半助や小菅新之助ら『練志館』道場で稽古を終えた門人八人が寛《くつろ》いで座り、酒肴《しゆこう》を口にしながら、剣術について熱く語り合っている。

上座に座らされた六平太の横は空いていたが、半助は無論のこと、初めて顔を合わせた『練志館』の門人が、徳利を手にして立て続けにやって来ては、

「先生の足の捌《さば》きには、息を飲んでしまいました」

「明日の稽古もまた、よろしくお願いします」

などと言っては酌をして、それぞれの席に戻って行った。

六平太を慰労する夕餉に集まったのは、稽古に参加した全員ではなかった。

稽古に集まったのは締めて十七人だったが、務めに戻る者や、三田の中屋敷や愛宕《あたご》下《した》の上屋敷に戻らなければならない者は、『残念だ』と、口にしながら帰って行ったようだ。

「ごめんなさいまし」

座敷の外から女の声がして、廊下の障子が大きく開けられた。

「お連れ様がお見えです」

障子を開けた女中の横をすり抜けて、袴姿の侍が悠然と座敷に入り込んだ。

「あ、田中《たなか》さんは、こちらです。先生の隣りへどうぞ」

立ち上がった半助が、入って来た田中祥五郎《しょうごろう》に六平太の横を指し示した。

「秋月さんの横で良いのかな」

祥五郎は、困ったように門人たちに眼を遣ったが、

「お久しぶりの対面で、積もる話もおありかと思いまして」

半助の勧めに後押しされて、六平太の横に腰を下ろした。

「お久しぶりです」

祥五郎が軽く上体を倒すと、

「三年ぶりか」

「そうなります」

祥五郎は手にした徳利を六平太の方に突き出した。

「このあとは手酌だぞ」

笑って釘《くぎ》を刺すと、六平太は祥五郎の酌を受けた。

そして、手酌で注いだ祥五郎と軽く盃を掲げ合い、飲み干した。

「半助から、祥五郎は明日の稽古に現れると聞いていたぞ」

「無論そのつもりです。しかし、明日の稽古のあと、秋月さんはお帰りだと聞いてましたので、酒席を共に出来るのは今宵《こよい》しかないと思い、押し掛けることにした次第です」

思いをさらけ出した祥五郎は、人懐っこい顔で微笑《ほほえ》んだ。

上屋敷に於いて、藩士に対する給与品の出納を担う大納戸方を務めていた祥五郎は、三年前に勘定方となってから多忙を極めることとなった。

文官にしては珍しく剣術の腕に秀でており、いずれは相良道場の師範代になると目されていたのだが、職務を優先するために相良道場からは身を引いた。二つほど年下の祥五郎は、いわば六平太の弟分でもある。

「半助に聞いたが、たまに『練志館』に稽古に現れているそうだな」

六平太が尋ねると、

「文字通り、たまにですよ。『練志館』に行けば、四谷の相良道場で稽古した日々が、懐かしく思い出されますから」

祥五郎は、苦笑いを浮かべた。

「相良先生の様子などは半助や小萱たちから聞いているのだろう」

「ええ。先生も、下男の源助も息災のようで何よりです。矢島《やじま》様も、市中見回りの途中、よく道場に立ち寄られるそうで」

「矢島さんも、それこそたまにだよ」

そう言って、六平太は、ふふと声を出して笑った。

矢島というのは、北町奉行所の同心、矢島新九郎《しんくろう》のことである。

なにかあれば、昼夜を問わず駆け付けなければならない務めであり、道場通いがままならないのは、祥五郎と同じ境遇である。

「秋月さんは、四谷においでの時は、相変わらず音羽に足を延ばしておられますか」

お膳の煮しめを口にした祥五郎が、半分からかうような物言いをした。

「おぉ。今朝は、音羽から直にこっちへ来たんだよ」

「左様でしたか」

頷いた祥五郎が、徳利に伸ばした手をふと止め、

「ということは、あの、気風《きっぷ》のいいご婦人の家からですね」

少し遠くを見るような眼付きをした。

「気風のいいというと、髪結い女の事か」

「そうです」

祥五郎は笑顔で頷いた。

音羽の髪結い女と言うと、おりきのことだろうが、祥五郎が何ゆえ知っているのかが不可解である。

「お前が、どうして髪結い女のことを知ってるんだ」

「わたしが相良道場から退く少し前、秋月さんに四谷から音羽へ連れて行かれて、その晩、居酒屋で飲み食いをしたことがありました。そこへ、途中から婀娜《あだ》なご婦人も同席なさって、楽しいひと時を過ごしたことがありました」

そう口にした祥五郎は笑みを零したが、六平太に覚えはなかった。

「ええと、あの髪結いのご婦人の名はなんと言ったか――」

徳利の酒を己の盃に注ぎながら呟いた祥五郎は、小さく首を傾げた。

「おりき、か」

「そうそう、確か、おりきさんですよ」

祥五郎のあまりの大声に、一同の眼が六平太の方に集まった。

「秋月さん、おりきさんにお変わりはありませんか」

「うん、ないな」

「いやぁ、それはよかった」

おりきの名を聞いて満足したような祥五郎は、酒が溢《あふ》れそうな盃に尖った口を近づけた。


近隣の寺々から明け六つの鐘の音が響き渡ってから四半刻（約三十分）が経った頃、身支度を整えた六平太は旅籠を出て、森掛藩下屋敷へと向かっていた。

辺りは既に朝日に輝いているが、畑地や樹木の立ち並ぶ江戸の郊外に吹く風は、涼やかである。

昨夜催された、六平太を慰労する夕餉の宴は大いに盛り上がったが、一刻（約二時間）ばかりで散会した。

昨夜の宴に駆け付けた田中祥五郎は、今朝の稽古に備えて、昨夜は下屋敷に泊まることになっていた。上屋敷や中屋敷から稽古に駆け付けて下屋敷に泊まった者たちは、恐らく夜明け前に帰って行ったはずだ。

この日、六平太は夜明けとともに目覚めた。

昨夜はかなり酒を飲んだが、酔いは残っていない。

白金大通を行き来する荷車や馬の蹄《ひづめ》の音を聞きながら朝餉を摂り終えると、笠を被り、風呂敷包みを抱えて旅籠を後にしたのである。

森掛藩下屋敷の表門の扉は、開いていた。

屋敷内に足を踏み入れた六平太は、母屋の建物を迂回して、昨日控えの間として使った一室に隣接する更衣所で、道着に着替えた。

稽古は五つ開始だから、まだ半刻（約一時間）以上も余裕がある。

五つの稽古が始まる前に、ひと汗かいて昨夜の酒を抜き、体をほぐしておくつもりだった。

道着になった六平太は、建物の回廊に出て、『練志館』道場へと続く渡り廊下へ足を進めた。

道場の外廊下まであと一、二歩というところで、六平太はふと足を止めた。

開いている道場の板戸の中から、低く息を吐く音とともに、何かが空を斬り裂くような音が渡り廊下に届いている。

渡り廊下から道場の外廊下に進んだ六平太の眼に、白鼠《しろねずみ》の道着に墨色の袴を穿《は》いた侍が、木刀を振り下ろしたり突いたりと、一人で、気迫に満ちた型の稽古に打ち込んでいるのが見えた。

邪魔をしてはならずと、六平太は道場の中からは死角になる場所に、静かに正座をした。

垣間見《かいまみ》た限り、立身流兵法の剣術の型ではないが、その太刀捌きには凄《すご》みがあった。相当の使い手と見て取れる。

木刀が空気を斬り裂く音と床を擦る足音はさらに続いたが、線香一本が燃え尽きるほどの時が経つと、道場の中が急に静まった。

それからほどなく、白鼠の道着に墨色の袴を穿いた侍が外廊下に出て来て、座っている六平太の前で足を止めた。

「お待たせいたした」

侍から丁寧に声が掛かった。

「なんの」

六平太が軽く頭を下げると、墨色の袴を翻して侍の足が通り過ぎた。

立ち上がって道場に入りかけた六平太がふと振り向くと、廊下を渡り終えた侍の背中が、外廊下を曲がって建物の陰に消えるのが眼に入った。

更衣所に隣接する控えの間は、八畳ほどの広さがある。

開け放された障子の外は砂利を敷かれた通り道になっていて、その向こうに雑多な木々が塀に沿って植えられていた。

障子際に胡坐をかいた六平太は、朝日を浴びて輝く木々の葉を眺めながら、首筋に滲《にじ》んだ汗を拭いている。

道場で四半刻（約三十分）ばかり木刀を振るって、たった今、引き揚げてきたところである。

「秋月殿、よろしいか」

廊下側の障子の外から、野太い声がした。

「どうぞ」

返事をすると、『練志館』の師範、鳥飼が、師範代の榊を伴って控えの間に入って来た。

「実は、思いがけない事態となりましてな」

鳥飼は、榊と並んで座るなり、重苦しい顔付をした。

「先刻、中屋敷にある、一刀流の道場『興武館《こうぶかん》』から、師範の富岡甚兵衛《とみおかじんべえ》殿が門人五人を伴って参られ、突然ではあるが、是非にも『練志館』の朝の稽古を見せていただきたいと申し出られたのですよ」

「は」

事情の飲み込めない六平太は、返事のしようがなかった。

「森掛藩には、以前から、立身流兵法の『練志館』と、一刀流の道場『興武館』があるのです」

榊が補足した。

「同じ藩内に二つの流派がありながら、殊更、優劣を競ったり張り合ったりすることなく、今日まで成り立っておりますし、当家の武術全般を管掌なさる武芸掛、陣場《じんば》様の許しもあるので、『練志館』としては受け入れてもよいのですが、相良道場から代稽古に参られた秋月殿の了解なしに返答するわけに参らず、別の間で待っていただいておるのです」

「話はよく分かりました。見ていただくことは、一向に構いません」

六平太が返事をすると、

「では、早速その旨を」

鳥飼と榊は、急ぎ控えの間を出て行った。


六平太は、鳥飼の少し後ろに付いて『練志館』道場内に足を踏み入れた。

すると、体を解《ほぐ》したり、木刀を振ったりしていた十五人ほどの門人が動きを止め、鳥飼が神棚のある見所に、六平太が見所横に立つのを見守った。

門人の中には、昨日の稽古にも参加した半助、小菅らの他に、祥五郎の顔もある。

「昨日に引き続き、今朝も、相良道場師範代、秋月殿のご指導を仰ぐことと相成った。皆、励むよう」

「よろしくお願いいたします」

鳥飼の挨拶が済むとすぐ、直立して大声を発した門人たちが、六平太に向けて腰を折った。

そして、すぐに、

「今一つ申しておくことがある。本日、当家武芸掛、陣場様のお口添えもあり、『興武館』道場の師範、富岡殿以下、門人五名が、『練志館』の朝の稽古を参観なさることとなった」

そう述べた鳥飼の言葉に、門人たちから「おぉ」という、軽いどよめきが起きた。

「皆は別段気にすることなく、普段通りの稽古を心がけることだ」

六平太が言葉を発すると、

「はっ」

門人たちからは、落ち着いた声が戻って来た。

その時、

「お連れ致しました」

外廊下から入って来た榊に続いて、袴を穿いた数人の侍が道場内に入り込んだ。

それを見て、『練志館』の門人たちは急ぎ二手に分かれると、見所に向かって左右の板壁近くで正座をして迎え、六平太は鳥飼に倣《なら》って腰を下ろした。

「方々は、こちらへ」

入って来た侍七人は、榊の勧めに従い、板壁を背に一列になって正座をし、見所と向かい合った。

「列の一番向こうが、『興武館』師範、富岡甚兵衛殿にございます」

榊に名を呼ばれると、

「富岡甚兵衛にござる。此度《こたび》は、急な申し出にも拘《かか》わらず、参観をお許しいただき、かたじけなく存じます」

五十の坂を越したばかりと見える富岡は、見所に向かって軽く頭を下げると、

「某の横から順に、徒《かち》組、平原忠七郎《ひらはらちゆうしちろう》、馬廻《うままわり》組、石川力弥《いしかわりきや》、徒組、原口栄五郎《はらぐちえいごろう》、普請《ふしん》方、野本鉄次郎《のもとてつじろう》、無役、神子市之亟《かみこいちのじよう》」

名を呼ばれた若い門人たち五人は、次々に会釈をしたが、最後に一人、年かさの侍が残った。

「あちらは、此度の参観にお口添えを頂戴した、当家、武芸掛、陣場重三郎《しげさぶろう》様にござる」

列の一番左に正座した四十代半ばの侍を、富岡は一同に引き合わせた。

白鼠色の道着に墨色の袴姿の陣場重三郎は、先刻、道場で一人、木刀を振るっていた人物である。

「よしなに」

陣場は、そう口にしただけで、鳥飼と六平太の方に向かって頭を下げた。

五

稽古が始まって半刻（約一時間）以上が経つと、『練志館』道場内は、むんむんとした汗の臭《にお》いと熱気に満ちた。

稽古の初め、門人たちは六平太の号令で五十回の素振りで体を慣らした後、『擁《よう》刀《とう》』と呼ばれる立身流兵法の抜刀術を、何度も繰り返した。

『擁刀』に派手な動きは不要である。

相手に先んじて刀を抜く鋭さが要求される小さな動きは、稽古を繰り返すことで身に付くのだ。

六平太が続いて稽古を命じたのは、二人が組んで行う、『向《むこう》』と称される立身流の立ち合いの基礎ともいうべきものである。

六平太は、稽古に先立って、門人たちの前で師範代の榊を相手に、『向《むこう》』の模範演武を披露した。

向かい合った相手の攻撃を、『擁刀』で抜いた刀の鎬《しのぎ》で受け流すと、振り上げた己の刀を相手の頭に叩き入れる、一瞬を衝《つ》く兵法である。

立ち合いにはもう一つ『圓《まるい》』と呼ばれるものもあった。

向かい合った相手からの斬り込みを『擁刀』で抜いた刀で凌《しの》ぎ、斜めに振り上げた己の刀を頭上で素早く円を描くように旋回させ、刀の重さと遠心力で、一気に相手の頭、あるいは首筋や肩に向けて叩き入れるのだ。

いずれの立ち合いも、常日頃から幾度となく稽古を積んでいなくては、咄嗟《とっさ》の時に用いることなど出来ぬ必殺の刀法である。

基礎ともいうべき抜刀術と立ち合いを地道に続けていると、瞬く間に一刻が経った。

「稽古、やめっ」

榊の号令で、門人たちは動きを止め、見所に向かって直立不動の姿勢を取る。

「一同、礼」

榊の号令によって、六平太と門人たちは頭を下げ合い、朝の稽古は終わった。

「『練志館』鳥飼殿に、お願いの儀がござる」

『興武館』師範の富岡が立ち上がり、大音声《だいおんじょう》を発した。

「森掛藩という一つのお家に、剣術の流派が二つありながら、これまでなんら交流が行われなかったのが、なんとも勿体なく、惜しいと存ずる。それでご提案だが、本日はお互いの剣術を知るよい機会でもあり、この場で両派から一名ずつ立って、立ち合いをしては如何であろうか」

富岡の提案に、『練志館』の門人からどよめきが起きた。

「これは、藩内の武芸に関することゆえ、御同席の武芸掛、陣場様のご意見を伺いとう存じますが」

鳥飼師範は、体ごと陣場の方を向いた。

「両派の剣術が切磋琢磨《せっさたくま》することは、お家への貢献でもあり、この場での立ち合いに異はない。ただし、立ち合えば勝ち負けが生じる。だが、その結果を以《もっ》て、流派の優劣を口にしてはならぬ。勝ち負けにこだわらぬ、あくまでも親善交流の立ち合いならば、よかろう」

腹の底から響くような陣場の声が道場内に響き渡った。

「では、富岡殿の申し出をお受け致す」

鳥飼は、小さく頭を下げた。

「『興武館』からは、若輩ながら、神子市之亟が立ち合いに臨みます」

富岡の声に、二十二、三ほどの若者が立ち上がり、自信ありげに胸を張った。

「『練志館』は、田中祥五郎がお相手仕《つかまつ》る」

鳥飼の口から、六平太も納得のいく名が告げられた。

すると、『練志館』の門人たちは、左右の板壁近くに並んで正座をした。

広く空いた床板に歩を進めた神子市之亟は、残っていた祥五郎と並んで座った。

「立ち合いの審判は、相良道場から見えられた秋月殿に頼みたいが」

そう口にすると、陣場は六平太に眼を向ける。

「承りました」

六平太は立ち上がり、並んで座った祥五郎と神子の前に立った。

陣場の提案によって、打ち所が悪ければ死に至ることもある木刀は使わず、袋竹刀《しない》を用い、二人とも籠手《こて》をつけることになった。

すると、『練志館』の半助と小菅が気を利かせて立ち上がり、壁際に設えられた竹刀掛けから袋竹刀を二本と、籠手を二組、立ち合う二人の前に置いて、元の場所に戻って行く。

両手に籠手を嵌《は》め、袋竹刀を手にした祥五郎と神子は立ち上がり、審判の六平太の前で蹲踞《そんきょ》の姿勢を取った。

「構え」

六平太の声に、立ち合いの二人は立ち上がり、袋竹刀の切っ先を向けて対峙《たいじ》した。

「勝負は、一本。始めっ」

六平太が鋭く発すると、立ち合いの二人からも気合の籠った声が飛び、まずは、相手との間合いを測るよう、静かに動く。

先に仕掛けたのは神子だが、祥五郎は難なく躱《かわ》す。

祥五郎が動じないことに焦《じ》れたのか、神子が突然、鋭い突きで攻めた。

相手の竹刀の先を胸元近くまで待った祥五郎は、己の竹刀の弦《つる》で受けると体を躱して横へ流すと同時に、

「とぉおっ！」

神子の小手を打った。

立身流の立ち合い、『向《むこう》』の刀術である。

「それまで」

鋭い声を発して、六平太は両者の間に立ち、

「田中祥五郎の小手一本」

右手で祥五郎の勝ちを指し示した。

「今の決まり手は、竹刀が流れております」

「決まり手としては薄いと思われる」

『興武館』の門人二人から、不服の声が上がると、

「見苦しい」

陣場から低く鋭い声が飛び、不服を口にした二人は顔を伏せた。

「念のため、神子殿には左の籠手を取って頂きたい」

六平太が静かに促す。

一瞬、逡巡《しゅんじゅん》した神子は、自棄《やけ》のように籠手を外した。

六平太が道着の袖《そで》を肘《ひじ》のところまで上げると、神子の左腕には、竹刀で打たれたと思える赤い痕が鮮やかに残っていた。

顔をひきつらせた神子市之亟は、袋竹刀と籠手をその場に置いたまま、元の場所に戻ると唇を嚙《か》み、袴の上から太腿《ふともも》を拳で叩いた。


白金大通は真上からの日射しを受けている。

九つ（正午）までにはまだ半刻ほど間のある刻限だと思われる。

『練志館』での代稽古は、二つの流派の立ち合いという思いもしない出来事で終わった。

神子市之亟はじめ、『興武館』の門人たちは、窘《たしな》める師範をも顧みず、後足で砂を掛けるようにして『練志館』道場から飛び出して行った。

だが、最後まで残った陣場は『練志館』側に礼を述べて、『興武館』の富岡とどもに森掛藩下屋敷を後にした。

その後、道着を着替えた六平太は、控えの間で茶を飲みながら、同じ藩内に、なぜ剣術の流派が二つあるのかを尋ねた。

そこには、半助や祥五郎がいたのだが、説明をしてくれたのは、同席していた鳥飼師範だった。

「森掛藩は、初代藩主、松平家以来、藩主が目まぐるしく替わっておりましてな」

二代目の藩主が青山《あおやま》家で、次が北条《ほうじょう》家、そして、本多《ほんだ》、酒井《さかい》、井伊《いい》と続き、三十年前に、当代の内藤出羽守景久《でわのかみかげひさ》になったのだという。

藩主が替わるたびに、藩の剣術の流派も移り変わったのだが、根強く残ったのが、一刀流と立身流兵法だった。

「しかし、今ではなぜか、国元で盛んなのは立身流で、江戸では専ら一刀流が主流となっておりまして」

そう口にした祥五郎が、隣りの半助と眼を合わせ、小さく頷き合った。

「しかし、一刀流と立身流が一つの藩内にありながら、反目することも覇を競うこともなかったのです。その両派が、立ち合うことになったのは、此度が初めてかも知れぬ」

鳥飼は感慨深げに呟いた。

その声が、白金台町の日吉坂を下る六平太の耳に、今でも妙に残っている。

坂を下り切って、清正公を祀る覚林寺門前の丁字路を左に向かいかけたところで、ふと足を止めた。

小川に架かる小橋の向こう側の、川端にある茶店に何人かの侍の塊があるのが見えた。

茶店の表に張り出した日除けの下の縁台付近にいるのは、『興武館』の門人たちである。

丁字路近くに建つ石屋の陰に身を潜めた六平太の耳に、

「真剣なら、おれが勝てる相手だった」

神子市之亟の吐き出す声が届いた。

六平太から茶店まで、たかだか十間（約十八メートル）ほどしかない。

「市之亟さん、真剣で立ち合うと申し出ればよかったのですよ」

「うん。向こうに遠慮したのが悔やまれる」

神子は、苛々《いらいら》と動き回りながら、同門の男に話を合わせた。

「しかし、今日の立ち合いのことは、誰にも言うでないぞ」

神子が、甲高《かんだか》い声で周りの者に釘を刺すと、

「無論、口にはしませんよ」

「第一、あれは、正式な立ち合いではなかったのだから」

同門の者たちの反応から、痛々しいほど神子に気遣っているのが窺える。

被っていた菅笠を目深《まぶか》にすると、六平太は建物の陰から身を出して、丁字路を左へ曲がり、麻布方面へと足を向けた。


大川に架かる永代橋《えいたいばし》一帯の昼下がりは長閑である。

夜明け前の暗い頃から大小の船が行き交う大川は、いつも戦のような騒ぎである。

川の西岸の霊岸島には、多くの廻船《かいせん》問屋や酒問屋など、上方《かみがた》はじめ西国の大店が出店を構えているから、水主《かこ》や人足、車曳《くるまひ》きや棒手振りなどで混み合う。

日が昇るにつれて混雑は一旦収まるのだが、夕刻には、荷揚げなどで再び活気づく。

四つ半少し過ぎに白金村を後にした六平太は、京橋の近くで空腹を覚え、竹河岸《たけがし》の蕎麦《そば》屋に飛び込んだ。

朝餉が早かったうえに、『練志館』道場で体を動かしたせいである。

もり蕎麦を腹に収めて店を出たところで、浅草の方に向けた足をふと止めた。

蕎麦屋の表で、材木を積んで行く大八車を眼にした途端、木場の『飛騨屋』のことが頭に浮かんだ。

このところ、鳴りを潜めている『飛騨屋』の娘、登世の動向が、俄《にわか》に気になって、木場に足を延ばすことにしたのである。

長さ百二十間余（約二百十六メートル）の永代橋を渡った六平太は、人通りのある永代寺門前を通り過ぎた。三十三間堂町《さんじゆうさんげんどうちよう》の汐見橋《しおみばし》を渡った途端、どこからともなく木の香がぷんと漂う。

そんな木場の一角に『飛驒屋』はある。

表の通りから小路に入ると縦板塀が続く。その塀に取り付けられた柱行灯《はしらあんどん》の下が、片開きの潜り戸になっている。

潜り戸から入り込んだ六平太は、出入り口の前に立つと、

「秋月ですが」

母屋の中に向かって声を掛けた。

返事は返って来ないが、家の中で戸棚を開け閉めする音に続いて、足音が近づく。

「おいでなさいまし」

いきなり戸を開けて、家の中から顔を突き出したのは、古手の女中、おきちだった。

「特段用はないんだが、白金村から帰る途中、寄ってみたんだよ」

「お入りなさいまし」

戸口を大きく開けて、六平太を招じ入れたおきちは、

「すぐ、おかみさんにお知らせを」

三和土《たたき》を上がった。

その時、奥へ延びる廊下の角から、ふくよかな体つきのおかねが姿を現した。

「秋月様のお声は、奥にまで届きましたよ」

三和土に近い所に膝を揃えて頭を下げたおかねが、微笑んだ。

「それじゃわたしは、お茶でも」

そういうと、おきちは、上り口近くから台所へと繋がる廊下に消えた。

「なんですか、白金村からお帰りの途中だとか」

「このところご無沙汰していたので、お内儀や登世さんは如何お過ごしかと」

「なんだか、登世の様子が不気味です」

六平太の方に少し身を乗り出すと、おかねの口から不吉な言葉が囁《ささや》かれた。

「不気味とは」

思わず六平太も声を低めた。

「自分の部屋に閉じこもって書き物をしてるかと思えば、いきなり外に出掛けて、あちこち飛び回っているんです。うちの人に話をしたら、また贔屓《ひいき》の役者が出来たんじゃないかと申しますけど、時々ふっと、鼻を小さく動かして、にやりと笑う登世を見ますと、わたしにはただ、薄気味が悪くて」

言い終えると、おかねは軽く顔をしかめて、肩をすくめた。

「あら、秋月様じゃありませんか」

奥から、登世が軽やかな足音を立てて足早にやって来た。

「近くに来たついでに立ち寄っただけでしてね。わたしはもう、これで失礼させていただきますので」

急ぎ辞去の挨拶をした六平太は、母屋を飛び出すと、出入り口の戸を閉めた。

呼び止められないよう、六平太は急ぎ縦板塀の潜り戸から小路へと出た。

「秋月様ぁ」

背後で、おきちの声がした。

ここで引き返したら、不気味だという登世の相手をさせられる恐れもあり、六平太は聞こえないふりをして、足を速めた。

「おかみさんが、煙草銭をお届けするようにって」

おきちの声に、六平太は瞬時迷ったが、やはり聞こえないことにして、さらに足を速めてしまった。


鳥越明神前の往還は西日を受けて、行き交う人の影が大分長くなっている。

刻限は七つ（四時頃）だろう。

あと半刻もすれば、西日は駿河台《するがだい》や湯島の台地の向こうに沈む頃おいである。

木場からまっすぐ浅草元鳥越に戻って来た六平太は、鳥越明神横の小路へと切れ込んだ。

歩を進めるにつれ、小路の奥から、男の言い争う声が大きく聞こえるようになった。

『市兵衛店』の木戸を潜った途端、六平太の眼に、井戸端で言い争う市兵衛と三治の姿が飛び込んだ。

「いくら家主とは言え、そんな言い方には腹が立ちますねぇ」

「しかし、おかしいじゃないか」

市兵衛が、口を尖らせて抗弁した三治に、尚《なお》も迫ろうとすると、

「ままま」

お常と大家の孫七が、二人を引き離しにかかった。

「どうしたんだよ」

六平太が声を掛けると、

「市兵衛さんがあたしに、妙な言いがかりをつけるんですよ」

「なにが言いがかりだ。珍しくうちにやって来て、囲碁をしようというから相手にしたら、三局やって、すべて負けたんだ」

市兵衛は、悔し気に三治を睨んだ。

「三治、お前、腕を上げたな」

「秋月さん違います。負けたのは三治さんでして」

孫七が口を挟んだ。

「勝ったのに、どうして市兵衛さんが怒らなくちゃいけないんですよぉ」

お常が、市兵衛に向かって目を吊《つ》り上げる。

「たしかに、お常さんの言う通りだな」

そう言い切った六平太を睨むと、市兵衛は忌々《いまいま》しげに唇を噛み、そして、

「三治は、わざとわたしに負けたに違いないんだよ」

とも吐き出した。

「あたしが、どうしてそんなことしなきゃならないんですか」

「昨日は昨日で、滅多に家には顔を出さない熊八がやって来て、悪霊退散のお札を置いて行ったんだよ。そして今日は、三治が囲碁を打ちに来て、三局とも負けた。どうしてみんなが、急にこんなに優しくなったのかと考えた」

市兵衛の話を聞くにつれ、六平太に、ふと心当たりが浮かんだ。

つい先日、気落ちしている市兵衛を元気づける手立てはないかと、三治や熊八、それに留吉たちと居酒屋『金時』で話をした。

熊八や三治は、市兵衛を元気づけようと、自分なりの手立てを講じたに違いない。

だが、市兵衛を相手に三局も負けたのは、ひとえに三治の力不足だと思われる。

「みんな、本当のことを言ってくれ。どうだい、わたしの顔に、死相が出ているんじゃないのかい。それを気付かせまいと、みんなして優しく気遣っているに違いないんだよ」

今にも泣きそうな顔をして、市兵衛は一同を見回した。

「あら、何ごとですか」

勝太郎とともに木戸を潜って来た佐和が、井戸端の様子に訝《いぶか》しそうな眼を向けた。

「おや、勝太郎坊も一緒かい」

「うん」

勝太郎が、お常の声に元気よく返答した。

「なんだそれは」

六平太が、佐和が手にした大きな風呂敷包みを見やった。

「うちの人が、浅草の海苔《のり》屋さんから沢山《たくさん》の海苔を頂いたものだから、こちらにおすそ分けでもと思って」

「あたしにもいただけるのかい」

お常が声を上げると、

「当たり前じゃない。こちらの皆さんにって持ってきたの」

佐和は頷いた。

「それじゃ、わたしは」

市兵衛が、消え入りそうな声を出して木戸の方に足を向けた。

「市兵衛さんも、海苔を持ってってください」

「わたしの分も、あるのかい」

木戸の手前で振り向いた市兵衛の顔に、戸惑いが浮かんだ。

「当たり前ですよ。ここに来る途中、福井町のお宅に寄ったけど、返事がなかったからここに持って来たんです」

佐和が、井戸の蓋に風呂敷包みを載せて結びを解《ほど》くと、十帖ほどの板海苔があった。

「はい、市兵衛さん」

佐和が二帖の板海苔を差し出すと、市兵衛は何も言わず、じっと板海苔に釘付けになった。

「旦那様」

孫七が声を掛けた。

「嬉しいねぇ。うちの倅や孫なんか、盆暮れにしか寄り付きもしないというので、うちのおこうは悔しくて泣いているよ。にも拘わらず、赤の他人のお佐和ちゃんは、とっくに店子ではなくなった今も、こうしてわたしら年寄りを気にしていてくれる。ありがたいねぇ。ありがたいよ」

差し出された海苔を受け取ると、市兵衛がそっと、片手で目尻を拭った。

「わたしはこのまま市兵衛さんの家に行きますから、皆さんへの海苔は、兄上からお渡し下さい」

「分かった」

　六平太が返事をすると、

「うちへ寄ってくれるのかい」

市兵衛は相好《そうごう》を崩した。

「えぇ、久しぶりにおこうさんの顔を見たいし。それじゃ、わたしはこれで」

佐和は、三治やお常たちに声を掛けると、市兵衛と並んで木戸を出て行った。

「市兵衛さんは、結局、ここには何しに来たんだね」

ぽつりと口にしたのは、お常だった。

「うん。何かあったんだろうなぁ」

三治は呟いて、腕を組んだ。

井戸端に残った六平太は、市兵衛と佐和が去った木戸の方を見ている。

「おこうはきっと喜ぶよぉ。いやぁ、きっと泣くよ」

木戸の向こうから、佐和に話しかける市兵衛の声が微かに届いた。

市兵衛は、人恋しかったのだろうか——住人たちに海苔を配りながら、六平太は、ふと、そんな思いに駆られていた。

第二話　いかず連

一

浅草、元鳥越町《もととりごえちょう》にある『市兵衛店《いちべえだな》』は静まり返っている。

表通りに面している鳥越明神横の小路《こうじ》の奥まった所にある『市兵衛店』は、普段から騒々しさとは無縁ではある。

平屋の三軒長屋と二階建ての三軒長屋が、どぶ板のある路地を挟んで向かい合っている小ぢんまりとした長屋の住人の数は少ない。

二階建ての三軒長屋の一番奥の家から出て来た秋月六平太《あきづきろっぺいた》は、手にした菅笠《すげがさ》をかざして日射《ひざ》しを避けた。

日はいつの間にか中天近くに上っている。

平屋の住人、大工の留吉《とめきち》や大道芸人の熊八《くまはち》が、日の出とともに仕事に出掛けていく様子が聞こえたし、六平太の向かいに住む噺家《はなしか》の三治《さんじ》が、五つ（八時頃《ごろ》）過ぎに家を出て、口三味線《くちじゃみせん》を奏でながら木戸から表に出て行くのを見かけていた。

六平太の家の隣りは空き家になっているから、今時分、『市兵衛店』に残っているのは、留吉の女房のお常《つね》と、大家の孫七《まごしち》だけだろう。

六平太が、井戸端を通り過ぎて木戸口に向かっていると、

「お出かけかい」

背中にお常の声が掛かった。

「口入れ屋に仕事をもらいに行くのさ」

六平太が足を止めて返答すると、お常は泥付きの里芋と青菜を載せた笊《ざる》を足元に置いて、釣瓶《つるべ》を井戸に落とした。

「今朝は朝から掃除や洗濯をしたうえに、こうして仕事の口を貰《もら》いに行くなんて、感心するじゃありませんか、秋月さん」

「だらけた暮らしをしてると、佐和《さわ》の眼《め》が怖《こわ》いからね」

浅草の火消しに嫁いでいる妹の名を口に出すと、

「そりゃぁそうだ」

お常は大きく頷《うなず》いて、釣瓶を引き揚げた。

「おぉ、秋月様、お出《い》ででしたねぇ」

木戸を潜《くぐ》って来たのは、木場《きば》の材木商『飛驒屋《ひだや》』の手代、吉次郎《きちじろう》である。

『飛驒屋』の手代がこうして六平太を訪ねてくることなど、これまで滅多にないことだった。

「登世《とせ》様から、秋月様にお届けするよう言いつかりまして」

吉次郎は、抱えている小さな風呂敷《ふろしき》の包みをほんの少し持ち上げた。

「ここじゃなんだ、家の方で」

六平太は吉次郎の先に立った。

白金村《しろかねむら》の『練志館《れんしかん》』道場からの帰り、木場の『飛驒屋』に立ち寄ったのは、七月十九日のことだった。

それから三日が経《た》っている。

「登世さんが、おれにとは」

六平太は家に上がるとすぐ、土間に立った吉次郎を窺《うかが》うように見上げた。

「一度は帆を下ろした『いかず連《れん》』の、二度目の船出のお披露目の品をお納めくださいとのことでございます」

口上を述べた吉次郎は、上り口に置いた風呂敷の結びを手際よく解《ほど》く。

風呂敷に包まれていたのは、菓子箱と、真新しい手拭《てぬぐ》い二枚と扇子一本である。

先月の半ば、登世は深川界隈《かいわい》の幼馴染《おさななじみ》三人と語らい、今後、決して嫁に行かないという決意を標榜《ひょうぼう》する『いかず連』なるものを発足させた。だが、三人のうちの二人が、近々縁付くことが分かり、ひと月も持たずに暗礁に乗り上げてしまったのだ。

「なるほど、二度目の船出ですか」

呟《つぶや》いて扇子を広げると、白の地紙に、『深川いかず連　登世』と墨痕鮮やかに認《したた》めてあるのが、六平太の眼に飛び込んだ。

紺の手拭いも広げてみるとそこには、『島田町《しまだちょう》　千賀《ちか》』を頭に、『門前仲町《もんぜんなかちょう》　しの』『山本町《やまもとちょう》　仲《なか》』『二ノ鳥居前　紋《もん》』と並び、最後に『木場　登世』と、娘たちの名が白に染め抜かれている。

千賀は以前顔を合わせた刃物屋の娘だから、『しの』と『仲』と『紋』が、新規参入の三人に違いない。

「秋月様には、おっ母《か》さんとわたしの付添いもお頼みしますが、新たな『いかず連』の船出にもお力添えを賜りたいというのが、登世さんからの言付《ことづ》けでございます」

深々と腰を折った吉次郎は、辞去の言葉を残して路地へと出て行った。

一度目の船出にしくじった登世が鳴りを潜めていたのは、『いかず連』の二度目の船出を企《たくら》んでいたからに相違ない。

名入りの手拭いや扇子を見ていると、登世の意地と執念のようなものをひしひしと感じて、六平太は思わず固唾《かたず》を飲んだ。

神田岩本町《いわもとちょう》の口入れ屋『もみじ庵《あん》』は、玉池稲荷《たまいけいなり》から二町（約二百二十メートル）ばかり南へ行った先を流れる藍染川《あいそめがわ》近くにある。

冬場と、大雨や土埃《つちぼこり》が吹き荒れる日以外、『もみじ庵』の戸口は、たいてい開け放されている。

「ごめんよ」

胸元まで下がった臙脂《えんじ》色の暖簾《のれん》を両手で割って土間に足を踏み入れると、帳場のある板張りに座り込んだり腰掛けたりして寛《くつろ》いでいる五人の男たちが、六平太に軽く会釈を向けた。

「みんな、仕事終わりかい」

顔見知りもいる男たちに問いかけると、「へぇ、たったいま」という声が返って来た。登城する大名や旗本の列に挟み箱持ちやら足軽やらとして雇われ、朝早くから出かけていた、口入れ屋『もみじ庵』の常連の働き手たちである。

「おい、それはどうしたんだい」

六平太は、男たちが手にして眺めている扇子や手拭いが、『いかず連』の名入りの品であることに気付いた。

「忠七《ちゆうしち》さんが見せてくれまして」

髭面《ひげづら》の男が『もみじ庵』の親父《おやじ》の名を口にすると、

「こりゃ、秋月さんでしたか」

奥の方から現れた親父の忠七が、帳場に座り込んだ。

「その扇子や手拭いは、『飛驒屋』の登世さんからだね」

「今朝、使いのお人が届けに来ましてね。いや、わたしにまで気を遣って下さるとは有り難いもんですよ」

忠七は、近くで見ていた男たちの手から扇子と手拭いを受け取った。

「それじゃ、わたしらはこの辺で」

髭面の男が腰を上げると、気を利かせた他の男たちは、空の湯呑《ゆのみ》を重ねて忠七の傍《そば》に置いた。

「父《と》っつぁん、茶をごちそうさん」

声を掛けると、五人の男たちは纏《まと》まって、表へと出て行った。

「しかし、この『いかず連』というのは、なんとも勇ましくて、いい響きじゃありませんか。ねぇ」

忠七は、手にした扇子と手拭いをしみじみと眺めると、

「これからは、行楽には持って来いの季節となりますから、付添いの仕事は引きも切らず押し寄せます。おそらく、この『いかず連』の付添いもあると思いますが、それ

とは別に、『いかず連』のお仲間の、この御一方御一方からのご依頼も大いにあるものと覚悟したほうがよいでしょう。いや、秋月様の付添いを気に入って頂けたならば、皆様方のご友人たち、そのお身内にも評判は伝わることになり、秋月様、これはひょっとすると、年内は休む暇などなくなるということにも、なりかねませんよ」

忠七の顔が俄《にわか》に引きつった。

「それは困る」

六平太は、忠七の壮大な目算に水を差した。

すると、いつもなら眼を吊《つ》り上げて不満を露《あら》わにする忠七が、ふふふと声に出し、不敵な笑みを浮かべるではないか。

「やはり、思った通りのお返事ですな」

忠七の顔には、余裕のある笑みがある。

「そんなお返事を予想していたわけではありませんが、昨日のうちに、新しい付添い屋を一人雇い入れていたのが、もっけの幸いと申しますか、転ばぬ先の杖《つえ》になったと申しますか」

「おれの他に、付添い屋を」

思わず口にした六平太の声は、少し掠《かす》れた。

「新しい付添い屋は、やはりご浪人ですがね、このお方は、芝居の付添いは嫌だとか、用心棒のような付添いは性に合わぬとか、えり好みをなさらないのが、こちらとしては大変ありがたいのですよ」

　忠七の物言いは穏やかだが、六平太への当てこすりがちりばめられている。

「それじゃ、おれに回すような仕事の口は、今のところないということだね」

　六平太は、嫌みたらしい口を利いた。

「それが、あるんでございますよ」

　六平太の嫌みなどどこ吹く風と、帳場の文机《ふづくえ》に帳面を広げた忠七は、

「大変急ではありますが、明日、日本橋の筆問屋の母娘《おやこ》三人と、お供の女中の四人の、品川への行き帰りの付添いというのがあります」

　挑むような笑みを、六平太に向けた。

「品川の往復なら楽でいい。楽な上に、一日分、二朱（約一万二千五百円）の付添い料はありがたい。受けますよ」

「そうですか。そしたら、明日の段取りをご説明いたしましょう」

　忠七が帳面に眼を落とした時、

「失礼致す」

　堅苦しい男の声がして、袴《はかま》に二本差しの総髪の浪人が、外した菅笠を手に土間に入り込んだ。

「これは、噂《うわさ》をすればなんとやらでございますなぁ」

帳場を立った忠七が、土間に近い板張りに膝《ひざ》を揃《そろ》えると、

「秋月様、こちらが、先刻お話しした、新たな付添い屋の平尾《ひらお》様ですよ」

六平太より少し若いと思える浪人者を手で指し示した。

「あ、某《それがし》は、平尾伝八《でんぱち》と申します」

「秋月です」

六平太も、頭を下げた平尾に会釈を返した。

「秋月殿と申されると、先日こちらに伺った折、陸尺《ろくしやく》や中間《ちゆうげん》の装《な》りをした男どもが話をしてくれた、秋月六平太殿でしょうか」

「そうだと思うが、連中はおれのことをなんと口走っていましたか」

「口走るなど、とんでもない」

平尾は慌てて右手を打ち振ると、真剣な面持《おもも》ちを六平太に向けた。

「剣の腕が立つのに、驕《おご》ったところがないと申しておりました。そのうえ、女子衆《おなごし》に好かれているなどとも口にしておりました。わたしは生憎《あいにく》、そういうわけには参りませんが、ひとつよろしく、ご指導のほどお願い申し上げます」

「よろしくと言われても、おれはなんの世話も出来ませんがね」

六平太は苦笑いを浮かべた。

「そうだ秋月様、こういうのは如何《いかが》でしょうね」

忠七が、六平太の方に身を乗り出すと、

「実は、平尾様にはまだ、付添いの仕事をお願いしたことがございません。それで、明日の秋月様の付添いに平尾様をお連れいただくわけにはいかないものかと存じまして」

六平太に笑みを浮かべて、揉《も》み手《で》を始めるではないか。

「平尾様は、用心棒でもなんでも引き受けると仰《おっしゃ》いますが、やはり『もみじ庵』がお受けする仕事の多くはお武家様の登城の折の乗り物担ぎや槍持《やりも》ちなどでして、その他に、商家への女中や下男、車曳《くるまひ》きなどの斡旋《あっせん》、ご老人や女子供を相手の付添いでございます。その付添いを、これまでは秋月様お一人にお願いしていたわけですが、この後、平尾様にもやって頂くのであれば、秋月様に同行して、付添いというものがどんなものか、一度、その眼で見てもらった方が今後の役に立つのではないかと思いましてね。その場合、平尾様に付添い料は出ませんが」

「某はそれで構いませんが、秋月様がなんと申されるか」

平尾は、不安そうな面持ちで六平太を窺った。

付添いを覚えさせようという忠七の気持ちは分かるが、付添う女たちの他に、平尾のことにも気を遣うことになりそうな成り行きに、いささか気が滅入《めい》る。

「分かったよ」

躊躇《ためら》った末に、六平太は平尾の同行を承知した。

日本橋の南詰から、京橋の方へ延びている東海道《とうかいどう》には活気があった。

日が昇ってから、ほどなく半刻《はんとき》（約一時間）が経とうとする頃おいだから、買い物に来たような婦女子や行楽の人の姿は殆《ほとん》ど見かけない。

六つ（六時頃）が近い表通りの商家は大戸を開け初めており、手代や小僧どもが客を迎える支度に動き回っている。

商家の表には大八車や牛馬の繋《つな》がれた荷車が停《と》められ、荷を積み下ろす光景が、そこここで見受けられる。

半刻ほど前に、浅草元鳥越の『市兵衛店』を出た六平太は、日本橋南詰の高札場の先にある元四日市町《もとよっかいちまち》を楓川《もみじがわ》の方へと折れた。

曲がった角から三軒目に、筆の絵の描かれた絵看板の下がった筆問屋『道風庵《とうふうあん》』があり、十四、五の小僧が手桶《ておけ》の水を通りに撒《ま》いていた。

筆問屋『道風庵』の前に六つ――昨日、『もみじ庵』の忠七に言われていた刻限まで、まだ間があるようで、六平太は菅笠を手に持ったまま、店の表が窺える天水桶の陰に佇《たたず》むことにした。

忠七から聞いたところによれば、『道風庵』のお内儀と娘二人の行先は、品川の御殿山《ごてんやま》である。十九になる上の娘の嫁入りが決まったので、母娘三人で最後の行楽に行くことになったらしい。

品川の海が眺められる御殿山から、秋の光景を堪能した後、土地の料理屋で昼餉《ひるげ》を摂《と》り、日本橋に送り届けるというのが、この日の付添いの段取りであった。

「あ、もうおいでしたか」

日本橋本石町《ほんこくちょう》の時の鐘が捨て鐘を三つ鳴らした直後、笠を手にした平尾が、昨日と同じように、大小の刀を腰に差して現れた。

捨て鐘に続いて、六つの鐘が撞《つ》かれ始めたところで、六平太は平尾と並んで『道風庵』の戸口へと場所を移した。

時を置かず、中から、風呂敷包みを抱えた二十代半ばほどの女中が表に飛び出すと、母親と思《おぼ》しき四十ほどの女が、二人の娘を伴って店から出て来た。その後ろには、母親の亭主らしい男が続いた。

「あの」

女中と思しき女に声を掛けられた六平太は、

「口入れ屋『もみじ庵』から来た、付添いの者だが」

愛想のいい声で返答した。

「旦那《だんな》様、こちらが『もみじ庵』の付添い屋さんです」

女中が声を上げると、女三人の後ろから現れた男が、六平太と平尾に近づいてきた。

旦那様と呼ばれた男は、筆問屋『道風庵』の主《あるじ》であろう。

「付添いは、お二人でしたか」

主の声に、咎《とが》めるような響きはない。

「『もみじ庵』の都合で、新入りに見習いをさせることになりまして」

六平太の説明に、

「平尾伝八と申す」

平尾は、主と女たちに向かって堅苦しい挨拶をした。

「『もみじ庵』さんには、女房と娘たちの送り迎えをしてもらうと言っていたのですが、南品川の親戚の家で一晩泊まることになりましたので、付添いは、昼餉過ぎに、迎えの者が来るまでということでお願い申し上げます」

「承知した」

六平太は、主の申し出に、丁寧に返答した。

腰の低さから察するに、主はもしかすると、婿養子かも知れない。

「では行ってまいります」

母親が主に声を掛けて歩き出すと、

「お父っつぁん、行ってまいります」

娘二人も声を掛けて、母親のすぐ後ろに続き、その後には女中が従った。

二

日が高くなるにつれて、東海道を往来する人の姿が増えた。

旅装の一団もいれば、巡礼の一団もいる。

土埃を上げて、荷車も疾走していく。

六平太と平尾が、『道風庵』の母娘と女中の殿《しんがり》を務めてから半刻（約一時間）が過ぎている。にもかかわらず、一行は芝《しば》の増上寺《ぞうじょうじ》門前に差し掛かったばかりである。

「付添いの時は、後ろに続いた方がよろしいのですか」

六平太と並んだ平尾が、囁《ささや》くように問いかけた。

「後ろの方が見通しは利きますからね。なにが起きても、咄嗟に動きやすい」

「なるほど」

平尾は素直に頷く。

やり取りはそこで途切れ、話すこともなく一町（約百九メートル）ばかり歩いたところで、

「秋月殿は、お国はどちらですか」

「主家は信濃《しなの》の小藩だったが、祖父の代から江戸屋敷勤めだよ」

そう口を開いた六平太は、藩内の抗争に巻き込まれた挙句、謂《いわ》れのない謀反の罪を着せられて主家を追放されて浪人になった経緯を、飾ることなく大まかに吐露した。

「わたしの生国は、北国ですが、主家のことなどはご勘弁願います」

声を低めて、平尾は頭を下げた。

「あぁ。詮索はしないよ」

「恐れ入ります」

「なにも恐れ入ることはねぇさ」

小さく笑って、六平太は菅笠を被《かぶ》った。

高くなった日が、頭を斜めから射している。

「ちと聞くが」

「は」

平尾は、被った笠の紐《ひも》を結びながら、六平太に眼を向けた。

「『もみじ庵』の親父には、用心棒でもなんでもやると言ったそうだね」

「はぁ」

「そんな風に口にしたからには、腕には相当の自信がおありと見たが、如何」

六平太は、隣りの平尾に笑みを向けた。

「へへへ」

曖昧に笑った平尾は、頭の後ろに片手を遣《や》っただけで、答えを誤魔化した。

御殿山というのは、北品川の台地全体を指す呼び名である。

大道芸人の熊八によれば、三代目か八代目の将軍の休息所をこの地に設けたことから、御殿山と称されたらしい。

海を臨める丘の上は、春になると一面の桜に埋もれる花見の名所である。

夏には夕涼み、秋には月見と、四季を通じて多くの人々が訪れる。

付添いの仕事で何度も来たことのある六平太に、特段珍しいものはなにもないが、『道風庵』の婦女子四人をはじめ、付添い見習いの平尾までもが、御殿山からの眺望に顔をほころばせている。

丘全体に丈の短い草が生え、その上に直《じか》に座り込んで飲酒をする者、茣蓙《ござ》や毛氈《もうせん》などを敷いて弁当箱を広げている武家の女中とお供の侍たちもいれば、吟行の一団が短冊を持ったまま苦吟している姿など、様々な人々が秋の一日を満喫している様子がそこここに見られる。

「おっ母《か》さん、沖の方に帆を上げている船が見えるわよ」

姉妹の下の娘が海の彼方《かなた》に指をさすと、姉と母親が横に並んだ。

「おたね、この時期はどんな魚が獲《と》れるのかねぇ」

母親が問いかけると、お供の女中が困った顔で首を捻《ひね》った。

「まぁ、この時期だと、ボラや鯖《さば》ですかねぇ。遠浅の海ですから、朝早くには、浅蜊《あさり》や蛤《はまぐり》を掻《か》きだす様子も見えるんですがねぇ」

六平太が、長閑《のどか》な声で謡うようにいうと、女四人は、感心したような顔で大きく頷いた。

その時、背後の方で何人もの女の悲鳴が上がった。

見ごろはとっくに過ぎた藤の木が立ち並ぶ辺りで、褌《ふんどし》を締めた尻《しり》を剝《む》き出しにした駕籠《かご》舁《か》きとも宿場人足とも見える五人ほどの男の一団が、男女入り混じった一行が休息している敷物の上を、裸足《はだし》で悠然と通り過ぎる姿が見えた。

褌の一団は酒に酔っており、怒りの声を上げる男には大声で凄《すご》み、恐れて背を向ける女には野卑な言葉を投げつけながら、六平太たちが佇む方へ、ふらふらと近づいて来ている。

褌の男たち五人の肩に肉の塊は見えず、駕籠舁きではなさそうだ。

日に焼けた体や顔から、宿場の通りに立って稼ぎを見つける輩《やから》であろう。

その稼ぎ方は強引で、荷を積んだ車を見つけると勝手に押しては押し賃をせびり、荷物をひったくってほんの少し運んだだけで、搬送料をむしり取るという、追剝《おいは》ぎとなんら変わりのない稼ぎ方をしている連中である。

「おいおい、素浪人二人に女が四人も付いてやがるぜ」

後頭部まで禿《は》げ上がり、前歯の抜けた男が野卑な笑みを浮かべて、言葉にどすを利かせた。

「年増《としま》と風呂敷の女は要らねぇから、若ぇ二人に酒の相手をしてもらおうじゃねぇか」

歯抜けの男の横にいた、破れた半纏《はんてん》を帯代わりの荒縄で締めた男が、よろける様にして姉妹に近づいてきた。

「平尾さん、奴らを押しとどめて下さい」

「は」

幾分強張《こわば》った声を出すと、平尾は、近づいて来る男どもの方に足を踏み出した。

平尾がどんな対応をするのか、ほんの少し興味があった。

「こっちは女に用があるんだよ」

「いや、それは断る」

平尾は、律儀な物言いで応じた。

「おめぇに断られたってこっちは構うもんか。おれらは女に用があるんだからよ」

「ちょっと待ってくれ」

平尾が歯抜けの男の前に立ちふさがると、荒縄の男に横合いから突き飛ばされてよろけた。

倒れまいと手を伸ばした平尾の片手が、別の男の上体を包んでいた布切れをびりっと裂いた。

「この野郎、おれの裃《かみしも》を破りやがって」

布切れを破られた男が大口を開けると、平尾の手が刀の柄《つか》に掛かった。

「刀は抜くなっ！」

六平太の声に、一旦抜くのを止《や》めたが、布切れを裂かれた男と荒縄の男に肩を突かれてたたらを踏むと、

「許さん」

低く声を発して、平尾は脇差を引き抜いた。

「面白ぇ」

脇差を見て興奮した男どもは、汚れた腹巻に突っ込んでいた匕首《あいくち》を、薄気味の悪い笑みを浮かべながら引き抜いた。

どよめきと、女たちの悲鳴が上がり、一帯は俄に騒然となった。

その成り行きに、当の平尾が、脇差を向けたまま焦りを見せて顔を引きつらせてい

る。

「こういうところで、無粋な真似《まね》をするんじゃねぇよ」

六平太は平尾の前に出て、男どもと向かい合った。

「引っ込んでやってもいいが、おれたちの呑《の》み代をよこせ」

「いやなこった」

六平太が突っぱねると、歯抜けの男が匕首を腰だめにして突っ込んできた。

ぎりぎりまで待った六平太は、匕首の刃が腹に届く寸前に体を躱《かわ》すと、歯抜けの男の伸びた腕を抱えて横に振りきった。

「あぁっ！」

声を上げて宙を飛んだ歯抜けの男が、草地の上に背中から落ちた。

他の男たちが一斉に襲い掛かる気配を見せると、六平太は近くに落ちていた二尺（約六十センチメートル）ほどの木の枝を手にして、まずは、布切れを裂かれた男の右腕を叩《たた》いた。

腕を押さえて匕首を落とした男は、草地に両膝を突いた。

続いて、荒縄の男の脳天に木の枝を打ち付けた途端、褌の男たちに怯《おび》えが走り、戦意が萎《な》えたのが見て取れた。

「まだやるか」

行った。
六平太が一歩足を踏み出すと、びくりと後ずさりした男たちは、一斉に駆け去って
日は中天を過ぎたところにあった。
品川を後にした六平太と平尾は、ほどなく、高輪《たかなわ》大木戸に差し掛かっている。
御殿山で褌の男たちを退散させた後、六平太と平尾は、『道風庵』の女四人に付き
添って、南品川宿の品川寺の山門を潜った。
品川寺には、江戸六地蔵のひとつ、地蔵菩薩《じぞうぼさつ》が祀《まつ》ってあった。
御殿山で思いがけない騒動に遭遇した女たちは、地蔵菩薩に手を合わせると、やっ
と、心を落ち着かせたように見受けられた。
参拝を終えると、品川寺門前の料理屋に上がり、六平太と平尾は、お相伴に与《あずか》った。
昼餉が済むと、迎えに来た『道風庵』の親戚という男衆たちに連れられて行く女た
ちを見送り、二人は帰途に就いたのである。
半日の仕事になったが、付添い料は一日分の二朱が出た。
忠七によれば、見習いの平尾に付添い料は出さないことになっていたのだが、半分
の一朱を平尾に分けてやると、六平太は大いに感謝された。
「こういう稼ぎが月に十回もあれば、二分以上になって、暮らしも楽になるのだが」

高輪大木戸近くで、平尾はため息をついた。

「秋月殿は、どのようなお住まいで」

「長屋だよ」

「それで、店賃は如何《いか》ほどで」

「二階屋だから、少々高くて、二朱と百八十文（約一万六千百円）」

「二朱を超しますかぁ。しかし、どのようなお住まいか、一度見てみたい気もしますが」

そういうと、平尾は小さく息を吐いた。

「住まいのことはともかく、一言言っておきたいんだが」

六平太は少し改まった。

「なにか」

「御殿山での騒ぎの時、刀を抜いたが、それは最後の最後のことだよ。武家勤めをしていたなら分かるだろうが、一旦刀を抜いてしまったら、決着がつくまで引くに引けなくなりますからね」

六平太の言葉に、平尾は黙って頷いた。

「殊に、竹光を抜いてはいけません」

「え」

平尾が、息を飲んで六平太を見た。

「相手が竹光だと知れば、嵩《かさ》に掛かって攻めて来ますから、脇差を抜いたのは、賢明と言えば賢明でした」

「竹光だということを、どうして」

「品川の料理屋の座敷で、腰から刀を抜いた時、柱にぶつかりましたが、平尾さんの鞘《さや》の音は、いささか重みに欠けていましたから」

「恐れ入ります。大刀の本身は、目下、質蔵に入っておりまして」

「なるほど」

六平太が呟くと、平尾は、片手を頭の後ろに遣った。

高輪大木戸を過ぎ、車町《くるまちょう》横町の四つ辻《つじ》をまっすぐに通り抜けたところで、

「秋月さんじゃありませんか」

背後から、聞き覚えのある男の声がした。

六平太が足を止めると、目明かしの藤蔵《とうぞう》を伴った北町奉行所の同心、矢島新九郎《やじましんくろう》が、伊皿子坂《いさらござか》の方から四つ辻の角を曲がって足早にやって来た。

「なにごとですか」

「いつもの付添いの帰りですよ」

新九郎に答えた六平太は、

「こちらは、同じ『もみじ庵』の付添いで、平尾伝八さん」

と、新九郎に引き合わせた。

平尾と会釈を交わした新九郎は、藤蔵と今里村《いまざとむら》に行った帰りだと口にした。

今里村は、森掛《もりかけ》藩下屋敷のある白金村の近くである。

「なにか、奉行所の役人が出張るようなことがありましたか」

「立ち話もなんです。歩きながらお話ししますよ」

新九郎は六平太にそういうと、日本橋の方角に掌《てのひら》を向けた。

「白金台町の瑞聖寺《ずいしょうじ》裏の田圃《たんぼ》で、今朝、侍の惨殺死体が見つかったと知らせがありまして、藤蔵と駆け付けたんですがね」

新九郎は、六平太と並んで歩きはじめるとすぐ口を開いた。

平尾と藤蔵は、六平太と新九郎の後ろに続いている。

今里村の目明かしから知らせを受けた新九郎は、藤蔵を伴って今里村に行ったものの、死んでいたと言われる場所に死体はなかったという。

現場に残っていた土地の目明かしの話によれば、死んでいた侍の月代《さかやき》は綺麗《きれい》に剃《そ》られており、近隣の大名家屋敷の家臣か、旗本、御家人ではないかと思われた。

村の名主が、近くに下屋敷を構える一柳《ひとつやなぎ》家、南部《なんぶ》家、毛利《もうり》家、久留島《くるしま》家などを訪ねたが、どのお家も死んだ侍に心当たりはないという返事だった。

しかし、事情を知った豊後佐伯《ぶんごさいき》藩毛利家が、身元が判明するまで、遺体は下屋敷で預かると申し出てくれたという。

「おれたちが着いた時には、死体は毛利家の御屋敷内に運ばれていまして、見ず仕舞いですよ」

新九郎が、はぁと息を吐いた。

「呼ばれて行ったものの、矢島様やあたしら御用聞きが調べることはなくなりました」

藤蔵は苦笑いを浮かべた。

浪人ならともかく、武家が絡めば、いくら殺人でも、町奉行所が調べに立ち入ることは出来ない。

「侍の身元が分かれば、その後の始末は、殺されていた侍が仕えている主家に一任されますから、無駄足と言や無駄足でした」

そう口にして、ふんと小さく笑った新九郎には、無駄足に腹を立てている様子は見えない。むしろ、外歩きを楽しんだような風情が窺えた。

浅草元鳥越町の『市兵衛店』は、静かである。

七つ（四時頃）時と言えば、いつもなら、お常か孫七が夕餉の支度を始める時分だが、物音ひとつしない。

お常は、表通りに夕餉の買い物に行ったのかもしれない。

「なんとも小ぎれいな長屋ですねぇ」

井戸端に立った平尾が、あたりを見回して呟いた。

日本橋で新九郎と藤蔵と別れた後、六平太は平尾と共に浅草橋へと足を向けた。

平尾の住まう長屋は、神田橋本町《はしもとちょう》にあるというので、その近くまで同道しても、浅草元鳥越までは遠回りにはならない道順だった。

「秋月さんがお住まいの長屋をというのを見せてもらうわけにはいきませんか」

平尾の申し出があったのは、小伝馬町《こでんまちょう》の牢屋《ろう》敷を通り過ぎた辺りだった。

別段、支障があるわけでもないので、六平太は平尾を『市兵衛店』に案内して来たのである。

「おれの家は、路地の左側の一番奥だよ」

「あぁ、二階には物干し場もありますねぇ」

そう口にして、平尾は、はぁと嘆息を洩《も》らす。

「今、真ん中の家が空いてるがね」

「店賃は、二朱と百八十文ですかぁ。――ここの店賃を払うには、少なくとも、月に二分（約五万円）の稼ぎがありませんとねぇ」

またしても嘆息をして、腕を組んだ。

「秋月様」

悲痛な声を発しながら、岩村半助《いわむらはんすけ》が木戸の外から駆け込んで来た。

「では、わたしはこれで」

平尾は、何度も腰を折ると、急ぎ木戸から出て行った。

「どうした」

六平太の問いかけに、半助は肩を激しく上下させるばかりである。

「水を飲むか」

六平太が釣瓶に手を掛けると、

「田中祥五郎《たなかしょうごろう》殿が、斬り殺されましたっ！」

半助の口から掠れた声がした。

「今朝方、今里村の百姓が、田圃に倒れている死体を見つけたということです」

「今里村だと」

そう声にして、六平太は息を飲んだ。

「上屋敷の者によれば、田中さんは『練志館』の師範の呼び出しに応じて、昨夕、下屋敷に向かったというのですが、鳥飼《とりかい》師範が呼び出しを掛けた事実はないとのことでした」

半助の報告に、六平太は声を失った。

「わたしは、『興武館《こうぶかん》』の意趣返しだと思います。先日の立ち合いで田中さんに負けた、その腹いせに違いないと、わたしは」

そこまで口にして、半助は後の言葉を飲み込んだ。

六平太の脳裏に、立ち合いのあった日のことが蘇《よみがえ》った。

『練志館』からの帰途、小川沿いの茶店にいた『興武館』の門人たちの様子に激しい無念さと怨嗟《えんさ》が漲《みなぎ》っていたのを、六平太は少し離れたところから眼にしていた。

三

かなり前に夜は明けたはずなのに、神田川の流域は薄暗い。

分厚い雲が敷き詰められているような空からは、一条の光も見えない。

明け六つの鐘の音が届いてから半刻以上も過ぎているが、日がどのくらい昇っているのかさえ、窺い知れない。

行く手にある牛込《うしごめ》の台地も、城の外堀ともいうべき神田川の南岸、飯田町《いいだまち》一帯も灰色の靄《もや》の向こうに沈み込んでいる。

六平太は今朝、朝餉を摂らずに『市兵衛店』を出た。

「明朝、四谷《よつや》の相良《さがら》道場に行く」

六平太は、昨夕、田中祥五郎の死を伝えに来た岩村半助にそう告げていた。

道場主の相良庄三郎《しょうざぶろう》なら、かつて門弟だった田中祥五郎の死について、なにか伝わっているのではないかと、一縷《いちる》の望みを抱いたのだ。

四谷伊賀町《いがまち》にある相良道場の冠木門《かぶきもん》を潜った時、母屋の方から、稽古始めの素振りの掛け声が、六平太の耳に届いた。

朝の稽古が始まったばかりだから、刻限は五つ半（九時頃）を過ぎたばかりだ。

母屋の戸を開けて名乗ると、下男の源助が現れて、

「秋月ですが」

「岩村様はついさっきお見えです」

と、庄三郎の居室のある離れに六平太を案内してくれた。

「朝から申し訳ありません」

庄三郎に声を掛けて部屋に入ると、既に端座していた半助と目礼を交わした。

「田中祥五郎のことは、たった今、半助から聞いたばかりだった」

庄三郎の声に張りはなく、明らかに落胆しているのが窺える。

「先生、森掛藩では、一刀流の『興武館』と立身流《たつみ》の『練志館』との間に、流派の対立はなかったと聞いていますが、それはまことのことでしょうか」

六平太は問いかけた。

「無論、一顧だにしなかったということはあるまいが、目くじらを立てて競い合うようなことはなかった」

庄三郎はそう断言したが、

「それはただ、これまで立ち合いをすることがなかったから、お互いを気にすることもなかっただけのことかも知れぬ。それが、先日立ち合ったことで、その場にいた者たちの前で、遂に勝ち負けがついた。立ち合った者の勝ち負けではあるが、流派の勝ち負けと捉える者が現れれば、二つの流派の軋《きし》みになる懸念もなくはない」

静かな語り口だが、庄三郎の言葉には憂いが感じられた。

「半助に聞いたところ、『練志館』で祥五郎と立ち合ったのは、神子市之亟《かみこいちのじょう》殿とか」

「ご存じで」

庄三郎に尋ねると、

「我が森掛藩、江戸屋敷のご家老の一人、神子源左衛門《げんざえもん》様のご次男です」

割り込んだ半助の声には、重苦しい響きがあった。

「市之亟殿は、『興武館』で五本の指に入るほどの腕だと聞いたことがあるが」

「はい」

半助は、庄三郎の問いかけに頷いた。そして、

「神子市之亟という男は、前々からかなりの自信家だという噂を耳にしておりました。おそらく、立身流兵法ごときにという思いもあり、負けるなどとは、つゆほども頭になかったと存じます。ところが、田中さんに負けてしまった。一刀流、『興武館』に恥をかかせたとか、家老である父親の顔に泥を塗ったのではないかと、神子市之亟の心中は、推して知るべしと存じます」

「それは、つまり」

眉をひそめた庄三郎が、静かに口を挟んだ。

「己の自負を傷つけられた神子市之亟は、田中さんを斬り殺すことで恨みや憎しみを晴らしたと思わざるを得ません」

「軽々しくそうと決めつけてはなるまい」

庄三郎は、静かな口調で半助を窘《たしな》めた。

しかし、半助の推測は大いにありうるような気がしている。

『練志館』からの帰途、六平太が見かけた神子市之亟の悔しがり方は、尋常ではなかったのだ。

だが、そのことは口にせず、

「わたしとしては、田中祥五郎の死に何があったのか、手を尽くして知りたいと思います」

六平太は庄三郎に向かって、淡々と思いを吐露した。

「秋月様、わたしにも是非、そのお手伝いをさせて下さい」

半助が六平太に体を向けて、鋭い声を発した。

「森掛藩の藩士であるお主が藩内の出来事で動くのは剣呑《けんのん》だ。こういう時は、おれのような浪人の方がいいんだ」

六平太は、半助を宥《なだ》めるように、微《かす》かに笑みを見せた。


四谷の相良道場を後にした六平太は、外堀沿いの道を南へと向かっている。

森掛藩江戸上屋敷に行って、武芸掛、陣場重三郎《じんばしげさぶろう》に話を聞きたいと、道場を出るとすぐ、思い立ったのだ。

午後の稽古に出るという半助が道場に残ったおかげで、六平太の単独行動は容易になった。

朝から空を覆っている雲に遮られて、未《いま》だに日は射さない。

紀伊国坂《きのくにざか》を下り、赤坂御門《あかさかごもん》外を通り過ぎると、溜池《ためいけ》を左手にして堀端の葵坂《あおいざか》へと至った。

葵坂からは、城から南に延びる愛宕下《あたごした》通まで四町（約四百四十メートル）ほどの道のりである。

付添いの仕事でもよく通る場所だから、六平太はこの辺りの道筋には明るい。

森掛藩江戸上屋敷は、愛宕下通の東側にあった。

藩主が出入りする表門を避けた六平太は、江戸勤番の家臣が居住する御長屋に設《しつら》えられた小門に回って、

「ごめん」

と、大声を上げた。

屋敷内からは、すぐに返答はなく、三度目の大声でやっと軽輩の家臣が現れた。

「わたしは、立身流兵法を指南する四谷の相良道場で師範代を務める、秋月六平太と言います」

丁寧に名乗ったあと、過日、森掛藩下屋敷の『練志館』道場を訪れた際、武芸掛である陣場重三郎と対面したいきさつを説明し、取次ぎを頼んだ。

「しばらくお待ちを」

対応した軽輩は、幾つもの建物が立ち並ぶ邸内の奥へと足を向けた。

六平太が門の脇《わき》に佇んで待っていると、男の一人が手にしている紙と、近隣の大名屋敷とを物珍しげに見比べながら通り過ぎて行く数人の男たちを見かけた。

遠国から江戸見物に来た一団だと思われる。

六平太は、江戸見物にやって来た者たちに何度となく付添い、処々にある江戸の名

所へと案内したことがある。

一人の男が手にしていた紙は、主だった大名家の江戸屋敷の所在地が刷られている案内書だろう。

彼らは浅草、両国などの繁華な場所や吉原《よしわら》、壮大な寺社を見るのも喜ぶが、江戸城は無論のこと、お国の殿様の江戸屋敷を見るのも楽しみにしていた。

門の表を、紙屑《かみくず》買いや担ぎ商いの男や女が何人か行き交ったところで、

「お待たせしました」

陣場への取次ぎを頼んだ軽輩が戻ってきた。

「武芸掛の陣場様は、生憎、他行中とのことでした」

「お手数をおかけした」

軽く頭を下げた六平太は、門前を後にした。

取次ぎに立った軽輩の態度は実直で、陣場重三郎に偽りを強要されたような様子はなかった。

森掛藩江戸屋敷に立ち寄った六平太は、その足で浅草、元鳥越町に向かっていた。

一刻も早く『市兵衛店』に戻って、井戸水を被って汗を流したかった。

日本橋を渡り、本石町の時の鐘の櫓《やぐら》が眼に入ったところで、鐘突堂新道《かねつきどうしんみち》へと曲がっ

た。

浅草御蔵《おくら》前に向かうには、小伝馬町から神田川に架かる浅草橋へと向かう方が近道である。

昨日の付添いの帰り、『市兵衛店』を見たいという平尾伝八を案内した道順だった。

小伝馬町の牢屋敷にぶつかって、右へと曲がりかけた六平太は、ふと足を止めた。

くるりと踵《きびす》を返すと、神田堀の方へ急いだ。

近くを通り掛かったついでに、神田岩本町の『もみじ庵』に寄って、親父に一言言っておきたいことが頭に浮かんだのである。

『もみじ庵』は、牢屋敷から三町（約三百三十メートル）ばかり先にある。

「ごめんよ」

暖簾を割って土間に足を踏み入れると、中に人影はない。

帳場のある板張りの奥の方から、醬油《しょうゆ》で何かを煮ているような匂《にお》いが流れて来る。

忠七の女房が、奥の台所で昼餉の支度をしているのかも知れない。

「ごめんよ」

再度声を掛けるとすぐ、反故《ほご》紙を手にした忠七が現れて、

「おや、秋月様、丁度いいところへお出でなさいました」

と、顔をほころばせて帳場に座り込んだ。

「丁度いいというと」

「例の『いかず連』から、遂に、付添いのご依頼がございました」

目尻を下げた忠七は、思わせぶりな物言いをした。

明日、二十五日の夕刻、道灌山《どうかんやま》に虫聞きに行く『いかず連』の娘五人の付添いだという。

「夕方からの付添いとはいえ、娘さんが五人だというので、付添い料はなんと、一分（約二万五千円）いただけることになりました」

女たちだけの付添いがいかに大ごとか身に染みている六平太は、一瞬返事に迷った。

しかも、生涯独り身を通すと拳を振り上げて結集した『いかず連』の娘五人の付添いである。

「承知した」

躊躇った末に、六平太は返事をした。

なにも一分という額に惹《ひ》かれたわけではない。

登世が音頭を取る『いかず連』の付添いを断れば、先々どんな恨み言をぶつけられるか知れたものではない。

「それで、明日もまた、例の平尾様を見習いとして同行させていただきたいのですが」

「それはいい。それはいいのだが、平尾さんのことで、親父に一言言っておこうと思って、こうして立ち寄ったんだよ」

六平太が板張りに腰を掛けると、忠七は不安そうな顔を突き出した。

「平尾さんは、用心棒でも何でもやると口にしたそうだが、荒っぽい仕事は回さない方がいいよ」

小声で言った六平太の言葉に、忠七は更に不安そうに眉をひそめた。

「剣術の腕前は知らんが、あの人の性分やら度胸の具合を考えたら、用心棒は無理だよ。怪我《けが》をさせることになるぜ」

「よぉく、分かりました」

忠七は、両手を膝に置いて、六平太に頭を下げた。

太刀は竹光で、剣術の腕も当てにならないということは、平尾のために伏せることにした。


二十五日は、昨日と打って変わって、秋晴れとなった。

蒸していた空気も一変して、乾いた風が頬を撫《な》でて行く。

昼過ぎまで、『市兵衛店』でのんびりと過ごした六平太は、八つ（二時頃）の鐘を聞いてから、浅草へと出掛けた。

浅草での用事は七つ（四時頃）だから、それまでは、聖天町《しょうでんちょう》にある音吉《おときち》と佐和夫婦の家で時を潰《つぶ》そうと目論んだ。

「居るかい」

六平太は、聖天町の路地の奥にある、家の戸口に立った。

「義兄《にい》さん、どうぞお入りんなって」

家の中から音吉の声がしてすぐ、六平太が手を掛ける前に、中から戸が開けられた。

「いらっしゃい」

土間に立っていた佐和が迎えると、奥の間に居た音吉が長火鉢に手を掛けて腰を浮かしている。

「浅草で付添いの仕事があったんで、寄ってみたんだが」

そう口にしながら土間を上がった六平太は、長火鉢を間に音吉と向かい合った。

「音吉さんは火消しの寄合で七つ近くには出掛けることになっているから、丁度よかったわ。兄上、お茶でいいかしら」

湯釜の載った竈《かまど》の熾火《おきび》に付木《つけぎ》を差しこみながら、佐和が振り向いた。

「なんなら冷めた白湯《さゆ》でもいいがな」

返答した六平太は、

「子供たちはお出かけか」

奥の部屋の方へと首を伸ばした。

「二人とも、元気に飛び回ってますよ」

音吉が目尻を下げた。

二人というのは、勝太郎《かつたろう》と、異母姉のおきみのことだ。

「注文通り、冷めたお白湯です」

佐和は、六平太の眼の前の長火鉢の縁に湯呑を置くと、そのまま腰を落ち着けた。

「義兄さん、こっちで付添いと言いますと」

「木場の材木屋、『飛驒屋』の娘さんたちの虫聞きに付添うことになってね」

「久しくお会いしないけど、登世さん、お変わりありませんか」

佐和が、懐かしそうに顔を綻ばせる。

「身の上に変わりはないんだが、ここのところ、『いかず連』とかいう妙なものを旗揚げしたんだよ」

六平太が、『いかず連』の主旨と成り立ちを、かいつまんで説明すると、音吉も佐和も眼を丸くして、あんぐりと口を開けた。

「若いから張り切るのもいいが、そういうのに限って、ぽきりと折れやすいからなぁ」

首を捻った音吉は、ため息をついて両腕を組んだ。

「じゃ、これから娘さん五人を連れて虫聞きに？」

「あぁ」

六平太は、音吉を見て気が重そうに頷いた。

登世ら『いかず連』の娘たち五人は、深川から猪牙船《ちょきぶね》を仕立てて、大川の竹屋《たけや》の渡しに乗り付けることになっていた。

竹屋の渡しは、聖天町からほど近い今戸橋《いまどばし》の際にある。

七つに着く船を迎えた後、まずは、日暮里《にっぽり》にある『飛騨屋』の別邸に向かい、そこで小休止してから、目と鼻の先の道灌山に案内することになっていた。

今日の虫聞きにも同行する平尾伝八は、竹屋の渡しに七つに来るはずである。

湯呑の白湯を口に含んだ六平太が、軽くため息をついた。

「なにか、悩み事でもあるのですか」

佐和は、六平太のため息を聞き逃さなかった。

「いやぁ」

六平太は笑って手を打ち振ったが、胸につかえがないわけではない。

田中祥五郎の死についても、虫聞きが滞りなく終わるかということも、気懸りではある。

「もしかして、音羽《おとわ》の方でなにか」

佐和がさらりと口にした。

「音羽のなんだ」

「みなさん、お変わりありませんか」

佐和は、自分の湯呑に手を伸ばしながら、ちらりと六平太を窺った。

「おりきさんや、それに」

言いかけて言葉を飲み込んだ佐和は、誤魔化すように湯呑を口に運んだ。

「それにっていうのは、なんだい」

聞き咎めた音吉が佐和の方を向いた。

「毘沙門《びしゃもん》の親方や菊次《きくじ》さんとも、しばらくお会いしてないし」

「あぁ」

佐和の返事に得心して、小さく頷いた音吉は、

「それじゃ義兄さん、あっしは支度しますんで」

断りを入れて、奥の間へと入って行った。

佐和が六平太に聞こうとしたのは、恐らく、穏蔵《おんぞう》のことに違いない。

穏蔵が自分の子だということは、四年前、佐和に打ち明けている。

その穏蔵に、音羽の小間物屋『寿屋《ことぶきや》』から養子の口が掛かったことを、佐和に言いそびれていた。些事《さじ》に紛れて知らせるのを忘れていたのだが、当の穏蔵が断ってし

まって頓挫したことだから、今更知らせることもあるまいと、六平太は独り合点した。

奥の間から、白地に紺の棒縞《ぼうじま》の着物を纏った音吉が出て来るのと同時に、表の戸の開く音がした。

「元鳥越のおじちゃんだ」

おきみが土間から駆け上がると、勝太郎もその後に続いて来た。

おきみは、音吉と死んだ先妻の間に生まれた娘である。

「さて、時分時だから、晩の支度を始めようかね」

佐和が立ち上がると、

「あたしも手伝う」

おきみが声を張り上げた。

「へぇ、おきみちゃんが、飯の支度を手伝うようになったとは頼もしい」

「ふふふ」

おきみが、六平太に向かって胸をそびやかす。

「おきみのお蔭《かげ》で、お父っつぁんも安心して出掛けられるという寸法さ」

笑ってそういうと、音吉は、神棚の近くの衣紋《えもん》掛けに下がっていた火消し半纏を外した。

四

聖天町の家を出た六平太は、雷神門《らいじんもん》前広小路に向かうという音吉と別れて、大川の西岸、山之宿町《やまのしゆくまち》河岸地沿いの通りに出た。

その通りを北に進むと左手に待乳山《まつちやま》聖天社の小高い丘があり、大川から吉原遊郭へ通じる山谷堀《さんやぼり》の入口に竹屋の渡しがある。

山谷堀に架かる今戸橋の南の袂《たもと》は、市中引き回しの行列が折り返す場所である。

渡船場に近づいた六平太は、川端に向かって立つ浪人の背中を見つけた。

本来の色なのか、色が褪《あ》せたものか判断しにくい色調の着物は、先日眼にした平尾伝八が身に付けていたものと同じである。

「早かったね」

六平太が声を掛けると、

「今日もまた同行を承知して下された由、ありがとうございます」

平尾は、恭しく腰を折った。

その時、浅草寺《せんそうじ》の方から鐘の音がした。

やがて、下流の方から近づいてきた猪牙船が、捨て鐘と合わせて十を打ち終わる頃、渡船場に横付けされた。

「秋月様、お待たせしました」

猪牙船の上に立ち上がった登世が、零《こぼ》れんばかりの笑みを向けた。

船の上には、以前見かけた刃物屋の千賀の顔と、初めて見る三人の娘の顔があり、登世の背後には、なんと母親のおかねが隠れていたではないか。

「おかねさんもご一緒で」

「久しぶりに、日暮里に行きたくなりましてね」

申し訳なさそうな顔をしたおかねは、六平太が差し出した手に摑まって、船から下りた。

登世ら『いかず連』の面々は、船頭や平尾の手によって引っ張り上げられた。

「お登世さん、こちらは平尾さんという、『もみじ庵』の新顔でして、今夜はわたしについて、付添い見習いをしますんで、ひとつよろしく」

「よろしく」

女たちを前に緊張したのか、平尾は強張った顔で挨拶をした。

「よろしくお願いしますね」

やけに愛想のいい笑顔を平尾に向けた登世は、

「『いかず連』の新しい顔は、日暮里に着いてからお引き合わせることにしますので」

六平太に、素《そ》っ気《け》ない物言いをした。

「それじゃとりあえず日暮里に向かいますから、みなさん、後に続いてもらいますよ。平尾さんは殿を頼みます」

「承知した」

平尾は堅苦しい物言いで返答すると、女たちの最後尾についた。

竹屋の渡しから日暮里へは、浅草寺の北辺を西へ向かい、下谷坂本町《したやさかもとちょう》を過ぎて根岸《ねぎし》へと進む。

根岸からは、上野東叡山《とうえいざん》の森を左手に見ながら、金杉村《かなすぎむら》、谷中本村《やなかほんむら》を通って、日暮しの里とも言われる新堀村《にっぽりむら》に至る道順である。

何度となく行ったことのある『飛騨屋』の別邸は、谷中天王寺《てんのうじ》に近い高台の一角にあった。

浅草寺北辺の御成門《おなりもん》を過ぎたところで、六平太の横にぴたりと並んだ登世が、

「人を連れて来るなら、あんな浪人じゃなく、どうして三治さんを呼ばなかったんですか」

押し殺した声で咎めた。

「三治をと言ってくだされば、そうしましたが」

「いちいち言わなくったって、当然、お連れになるもんだと思ったから」

登世は、怒ったように口を尖らせる。

「さっきも言ったように、平尾さんは、『もみじ庵』の親父に無理やり」

六平太が最後まで言い終わらないうちに、登世は後ろに下がって、おかねの手を引いてやる様子が眼の端に映った。

「登世に何か、怒られるようなことをなすったの」

すっと横に並んで小声を向けたのは、千賀だった。

「なにも、怒られたわけじゃなく」

「秋月様、女が増えると何かと気の揉めることがありますから、お気をつけなさいましね」

紅を赤く塗った唇を歪《ゆが》めて、千賀が意味ありげに微笑《ほほえ》んだ。

千賀は、枇杷《びわ》色に黒の棒縞という、娘とは思えないような愛想のない柄の着物に包まれている。

「なにか困ったことがあったら、ご相談にのりますよ」

千賀は、ふふふと含み笑いを投げかけると、後ろに下がって行った。

長い一夜になりそうな気がして、六平太の口から、ため息が洩れた。

『飛驒屋』の別邸は、すっかり夜の帳《とばり》に包まれていた。

道灌山での虫聞きを終えた『いかず連』の娘五人を間に、提灯《ちょうちん》を下げた六平太が先頭を行き、同じく提灯を手にした平尾が、殿を務めている。

夕刻に竹屋の渡しを出た一行が日暮里に着いたのは、ほどなく六つという頃おいだった。

別邸には、六平太も見知っている老婆のおさきが待ち受けていて、茶を振る舞ってくれた。以前、台所奉公をしていたおさきは、木場の『飛騨屋』から暇《いとま》をもらった後、すぐ近くの千駄木《せんだぎ》で亭主と二人暮らしをしているのだが、前もって、別邸を使うと知らせておけば、世話をしに坂道を上がって来る、頼もしい老婆だった。

「お登世、道灌山に出掛ける前に、秋月様たちにみなさんの名をお教えなさいな」

おかねが促すと、

「あ、そうね」

登世は少し改まると、自分の名と、隣りに座っている千賀の名を平尾に向かって告げた。

「あとの三人は、秋月様も初めてだから、お引き合わせさせていただきます。わたしの右にいるのが、門前仲町の瀬戸物屋のおしのちゃん」

名を呼ばれた娘は、五人の中で一番年かさに見えた。萌黄《もえぎ》色の地に赤紅色の大柄な亀甲模様が散らされた派手な着物に身を包んでいたおしのの右肩は、まるで怒ったように左肩より斜め上にあった。

「おしのちゃんの右隣りが、山本町の傘屋のお仲ちゃん」

「仲です。十九です」

自ら名乗ったお仲は、年齢も口にすると、はにかんだように俯《うつむ》いた。

鴇《とき》羽《は》色に紺で描かれた渦巻模様は、亀蔵《かめぞう》小紋《こもん》という、役者の名を採った柄である。

「一番向こうは、二ノ鳥居前の料理屋『村木屋《むらきや》』のお紋《もん》ちゃん」

登世に名を呼ばれたお紋の顔は、強張っているのか、表情にはほとんど変化がなかった。白緑の無地の着物に煤竹《すすたけ》色の帯は、余りにも控え目に見えた。

暫時の休息の間に引き合わせの儀式を終え、別邸に居残るおかねとおさきの見送りを受けた『いかず連』の面々と付添い屋の二人は、田端村《たばたむら》と境を接する道灌山へと向かったのである。

だが、虫聞きの場所としてあまりにも名高い道灌山は、揺れ動く提灯と人混みで、秋の夜の風情など微塵《みじん》もなく、虫の声も耳には届かなかった。

「登世ちゃん、もう道灌山の虫なんかいいわよ。虫の声なら、平井新田の方に行けばいくらだって聞けるもの」

まるで怒ったようなおしのの一声には誰からの異議も出ず、着いて四半刻（約三十分）もしないうちに、付添い屋と『いかず連』の一行は、道灌山を引き揚げることにしたのである。

別邸に戻った一行は、庭に面した八畳の座敷に通された。

そこには、四つ並びの膳が二列、向かい合わせに並べられ、どこかの料理屋から運ばせたような料理の数々と共に、一合徳利《どくり》と盃《さかずき》も載っていた。

「秋月様と平尾様はこちらへ」

おかねが指し示したのは、上座の二席だった。

六平太と平尾が座に着くと、平尾の隣りにおかねが座り、末席に登世が着いた。

六平太の向かい側は千賀で、おしの、お仲、お紋の順に並んだ。

「それでは、いただきましょう」

おかねの一声で、一同の箸《はし》が動き出した。

「まずは注《つ》ぎましょう」

平尾が、徳利を摘《つ》まんで差し出した。

「ありがたいが平尾さん、こういう場で注いだり注がれたりは間延びしますから、今夜は手酌にしませんか」

「そうですね」

平尾は、六平太の申し出に、ほっとしたように笑みを浮かべた。

「ここでお酒を飲まないのは、お仲ちゃんだけね」

千賀が見回して声を発すると、

「今夜は、少しなら飲むかもしれない」

そう言ってお仲は首をすくめた。

「ともかく、わたしたちも、付添い屋さんたちに倣って、手酌ということにしますよ」

千賀の提言に、娘たちからは同意の声が上がった。

「『飛驒屋』のおば様、この仕出し弁当は、どこの料理屋にお頼みになったの」

お紋が、料理屋の娘らしい問いかけをした。

「それはね」

箸を止めたおかねが、折よく、新たに徳利を載せたお盆を運んで来たおさきに、お紋の質問を振った。

「天王寺中門前町《なかもんぜんまち》の『那《な》か浦《うら》』ですが、なにか」

おさきが淀《よど》みなく返答すると、

「噂通り、やっぱり美味《おい》しい」

そう呟いたお紋は、食べ物を飲み込んで大きく頷いた。

日暮里の台地に建つ『飛驒屋』の別邸の周辺は、昼間も静かなところだが、夜ともなるとさらに静けさが深くなる。

「鐘の音がするね」

湯呑を手にしていたおかねが、ぽつりと呟いた。

食事の膳がとっくに片づけられた座敷で、思い思いの恰好《かっこう》でくつろいでいた娘たちと、六平太や平尾も、黙り込んだ。

閉められた障子の外から、鐘の音が鈍く届いている。

「東叡山の、五つを知らせる時の鐘だわね」

おかねが呟くとすぐ、酒に酔ったおしのが両手をついて立ち上がり、覚束《おぼつか》ない足取りで縁側の障子に近づいて、押し開けた。

鐘の音が幾分大きく入り込んだが、思いもよらず、虫のすだきが飛び込んだ。

「なんだ、聞こえるじゃないの虫の声」

おしのの声に、虫は啼《な》き止《や》んだ。

「なんだぁ、なにも道灌山までいかなくったって、最初からここで虫聞きすれば、足も疲れなくてよかったのよ」

赤い口紅の唇を尖らせたのは、千賀である。

「来年は、そうする」

登世は大きく頷くと、皿の里芋を箸で突き刺して、口に運んだ。

料理の膳は片づけられたが、徳利や酒の肴《さかな》になる食べ物が、幾つかの皿に取り分けられて、徳利とともに畳のそこここに置いてあった。

『いかず連』の娘たちは、今夜、別邸に泊まり込むことになっているので、酒に酔うのを躊躇うこともないようだ。

「ねね、『飛騨屋』のおばさん、登世はどうして入り婿を追い出すことになったの」

開けた障子際で横座りしているおしのが、酔った眼をおかねに向けた。

「おしのちゃん、そんなこと、おばさんに聞かなくったって分かりそうなもんじゃないの」

「それじゃ、お千賀さんは、知ってるの」

背中を壁に凭《もた》れさせて両足を伸ばしていた傘屋のお仲が、ぐいと身を乗り出した。

「お登世ちゃんは、男を見る眼がきついんだと思うのよ」

「きついってどういうことよ、お千賀ちゃん」

軽く横座りしていた登世が、ぴんと背中を伸ばした。

「随分前から、秋月様みたいな殿方を見ていたら、そんじょそこらの若旦那風情なんか、つまらない男にしか見えないのよ」

千賀の口から飛び出した解説に、大きく頷いた平尾が、

「なるほど。それはよく分かります」

と、賛同の声を発した。

「秋月様には、ご妻女はおいでなんですか」

お仲が、あどけない笑みを浮かべて尋ねると、

「秋月様は独り身だけど、音羽の方に、良い人が居らっしゃるわ」

登世が、突き放したような物言いをした。

「やっぱりねぇ。あぁあ」

吐き出すような声を上げた千賀が、両足を投げ出すと、後ろに突いた両手に上体を預けて、天井を向いた。

「その人はどんなお人ですか」

好奇心を募らせたのは、お仲である。すると、

「お仲ちゃん、どうしてそんなことを気にするの。秋月様が独り身だろうが、良い人がおいでになろうが、『いかず連』のわたしたちにはどうでもいいことじゃないの」

右肩をぐいと持ち上げたおしのが、一同に釘を刺した。

「でもねおしのさん、恋心は持ったっていいんじゃないかしら。嫁にさえ行かなければ、『いかず連』としての面目は立つんだから」

一番若いお仲が胸を張ると、平尾は『ほう』という口の形を見せて、感心したように首を捻った。すると、

「そうね。お仲ちゃんの言うことは尤《もつと》もだわね。恋心はいいのよ。それは大いに抱いてもいいけど、嫁に行かない、そのことを忘れず、貫き通すことが『いかず連』の大事な信条なのよ」

登世の発言に、思い思いの恰好で聞いていた『いかず連』の同志たちは、小さく「そうだそうだ」と呟いたり頷いたりして、賛意を示した。

そんな様子をおかねは相変わらずにこにこと眺めていたが、平尾は明らかに『いかず連』の勢いに飲まれている。

「お紋ちゃん、裾が割れてるっ」

おしのから鋭い声が飛ぶと、横座りしていたお紋が、しどけなく開き気味の裾を、恥じらう風もなく、掻き合わせた。

「それじゃここで、来月以降の予定をお千賀ちゃんから」

登世に名を呼ばれた千賀は、懐に挟んでいた書付を取り出した。

「『いかず連』の今後の予定は、まずは中村座《なかむら》の芝居。大川の月見。上野の料理屋『松源《まつげん》』や両国の『草加屋《そうかや》』での会食。向島百花園《むこうじまひやつかえん》で秋の花を愛《め》でたり、亀戸の龍眼寺《りゆうげんじ》に萩見物にもいくつもり」

「お千賀ちゃんが読み上げた通り、いろいろと行くところがありますから、秋月様、付添いのほうをよろしくお願いしますね」

「しかし、お登世さん、『もみじ庵』の都合もあるし、それらすべてには応じられないこともあるから、その時は、この平尾伝八殿に付き添ってもらいますので、ひとつ、ご了解願います」

逃げ腰になった六平太がそう返答すると、『いかず連』の娘たちは、恨めし気な眼をそっと平尾に向けた。

「その時は、平尾様、よろしくね」

ほんのりと赤みに染まった顔に作り笑いを浮かべた登世は、平尾に小さく頭を下げた。

「はぁ」

と、曖昧に返答した平尾は、

「某は、そろそろお暇したいのですが」

救いを求めるように、六平太を見た。

「いや、こんな刻限になるとは思いもよらず、妻が案じているのではと、その」

「それはお引止めして申し訳ありませんでした。玄関までお見送りを」

おかねが腰を上げた。

「それがその、某、この辺りの道に暗く、どうやって帰ればよいものか、皆目分からんのです」

平尾は、ため息をついて項垂《うなだ》れた。

「お住まいは、どちら？」

「神田橋本町でして」

平尾は、おかねに返事をした。

「小伝馬町の牢屋敷が近いから、この近くでお縄になるようなことをしたら、家の近くまで、お役人が引っ張って行ってくれるのにねぇ」

酒で呂律《ろれつ》のまわらなくなったおしのが、からかうように口にした。

「平尾さんは、わたしが送って行きますよ」

六平太は腰を上げて、片隅に立て掛けていた刀を摑《つか》んだ。

五

『市兵衛店』の井戸端に朝日が射していた。

五つを少し過ぎた頃おいだが、夏のような熱気はない。

家を出た六平太が、手拭いを肩に掛けて井戸端に立つと、

「おはよう」

物干し場にいたお常から声が掛かった。

「おはよう」

返事をした六平太は、井戸に釣瓶を落とす。

お常は、洗い終えた湯文字や亭主の腹掛けなどを、物干しの竿《さお》に干している。

「昨夜は遅かったようだね」

「虫聞きの付添いで、道灌山に行ったんだよ」

六平太は、釣瓶の水を桶に注ぎながら答えた。

「道灌山なら近いじゃありませんか」

「そうなんだがね」

曖昧に返答した六平太は、両手に掬《すく》った桶の水で顔を洗った。

昨夜、道灌山からまっすぐ『市兵衛店』に戻れば、さほど帰りが遅くなることはなかった。

『飛驒屋』の別邸を一緒に出た平尾伝八が、自分の長屋へ帰る道が覚束ないというので、六平太は神田橋本町まで付いて行ってから、元鳥越町の『市兵衛店』に引き返したのだ。

「それじゃ」

お常は洗濯物を干し終えて、自分の家へと戻って行った。

「いま、道灌山とか虫聞きとかって声が聞こえましたが」

そう言いながら、手拭いを首から垂らした三治が井戸端にやって来た。

「昨夜は虫聞きの付添いだったんだ」

「そりゃ、風流なことで」

三治は欠伸《あくび》混じりにそういうと、大きく伸びをした。

「だがな、『飛驒屋』のお登世さんたちの付添いだったから、風流とは言い難い有り様だったぜ」

「えっ、『飛驒屋』さんの虫聞きなら、どうしてあたしを誘ってくれなかったんですか。あたしが『飛驒屋』のみなさんに気に入られていることは、秋月さんだってご存じじゃぁありませんか」

「昨夜は『飛驒屋』さんの集まりというより、『いかず連』の集まりだったからさぁ」

「なんですか、その、『いかず連』というのは」

三治が、ぽかんと口を開けた。

「お前さんには言ってなかったか」

登世が深川の女友達を集めて、『いかず連』なるものを立ち上げたことを、三治に言いそびれていたのを、六平太は思い出した。

「つまりな、嫁に行かないと決めた娘たちが、芝居見物や料理屋通いなどを楽しもうと集まった五人のご一党だよ」

「そんな娘さんたちの虫聞きには、なんとしても付いて行きたかった」

三治の顔に、無念さが広がった。

「付き合ったら分かるが、『いかず連』の女たちは、なかなか、一筋縄じゃいかねぇよ」

「秋月さん、あたし、そういう方々を相手にするのをかなり得意としておりますので、次は是非、お声掛けを」

真顔で腰を折りかけた三治が、ふっと、木戸の方に眼を遣った。

顔を巡らせた六平太の眼に、菅笠を外しながら木戸を潜って来る武家の姿が見えた。

「某を訪ねて、上屋敷に参られたと聞いたのだが」

そう口にしたのは、森掛藩江戸屋敷の武芸掛、陣場重三郎である。

「ここを、よくご存じで」

「かつて、四谷の相良道場に通っていた者に聞いたのだよ」

「ここじゃなんだ。身支度をしたらすぐに行くから、表の鳥越明神で待っていてもらいたい」

六平太が申し出ると、陣場は小さく頷いて踵を返した。

鳥越明神は、何本かの楠《くすのき》の大木や椿《つばき》などの低木に囲まれている境内の一角に本殿がある。

葉の繁った枝を広げる楠は、日射し避《よ》けになるので、真夏は恰好の涼み場所にもなる。

臙脂色の着物に黒の博多帯《はかたおび》を締めた六平太が、腰に差した刀を左手で押さえながら、急ぎ境内に足を踏み入れた。

本殿の階《きざはし》に腰掛けていた陣場が、腰を上げたのを見て、

「お待たせをした」

六平太は、陣場と向かい合った。

「上屋敷に参られたのは、某に、何か御用でもおありかと思うてな」

「ご当家の、田中祥五郎惨殺の一件について、お聞きしたいことがあったんですよ」

そう口にした六平太を、陣場は、何か推し量るように見ると、

「某が命じたとでもお思いか」

表情を変えることなく、静かに問いかけてきた。

「そうじゃありませんよ。森掛藩の藩士の身に起きたことだから、なんらかの事情をご存じではないかと、足を向けたまでです」

気負うことのない物言いをしたが、陣場の表情に変化はないか、さりげなく注視し

ていた。

「なんらかとは」

陣場が、六平太に問いかけた。

ざざざと、楠の、軽やかな葉擦れの音が境内に流れた。

「この前の立ち合いで、『練志館』の田中祥五郎に負けたことを、『興武館』の神子市之亟殿が、なんとお思いか、陣場殿はご存じではありませんか」

「さぁて。あれは、あくまでも親睦の立ち合いだった故、神子市之亟は、勝ち負けについては、あの場限りのことだと心得ているはずですが」

陣場の声に淀みはなかった。

「毛利家下屋敷に預けられていた田中祥五郎の遺体を引き取って、詳しい検視はなされたのだろうか」

六平太は話を変えた。

「無論、当家の下屋敷で行われたと聞いている」

「どなたが、遺体の検視を」

「恐らく、当家にお出入りの藩医だろうが、詳しいことは知らされておらぬ」

「どういう傷を負っていたか、陣場殿はお聞きお呼びか」

「言えぬ」

「それは何故《なにゆえ》」

「田中祥五郎の武士としての体面を損なうかも知れぬようなことは、言えぬ」

陣場が口にした、武士としての体面を損なう傷というのは、背中に負った太刀傷のことである。

武士が刀を抜いて戦う時、敵に背中を向けてはならないと叩き込まれる。敵に背中を向けて逃げようとして斬られた傷だと見られると、武士として恥をかくことになる。

かつて武家勤めをしていた六平太には、その辺りの事情はよく分かる。

「祥五郎には、不名誉な刀傷がありましたか」

声は静かだが、六平太は鋭い目を陣場に向けた。

「それは、知らぬ」

抑揚のない声で答えると、陣場は悠然と、葉擦れの音のした方に顔を上げた。

「祥五郎に何があって、何ゆえ斬られなければならなかったのか。森掛藩では調べようとはなさらんのか」

「調べようはあるまい」

「そうかな」

意味ありげな物言いに、陣場は六平太に眼を向けた。

「田中祥五郎は、『練志館』の師範に呼ばれて上屋敷を出たということになっているらしいが、『練志館』では、呼び出した事実はないという。この食い違いは、なんでしょうね」

「思い違いというのは、よくあることです」

六平太の追及に答えた陣場の声は、依然落ち着いている。

「なるほど、森掛藩としては、詳しく調べたくないということですか」

六平太は、小さくせせら笑った。

「秋月殿は、此度《こたび》のことに、なにゆえ、そう拘《こだわ》られる」

「何年間か、相良道場で汗を流した間柄だからですよ。弟のような男の、訳のわからん死にざまを、黙って見過ごすわけにはいきませんよ」

静かな物言いだったが、六平太は胸が張り裂けるような思いを籠《こ》めた。

「酒に酔って、土地のならず者どもと諍《いさか》いに及んだ末に、不覚を取ったということもある。そのようにことが表沙汰になれば、お家にも田中祥五郎にとっても、恥というものだ。そっとしておくのも、人の為ということもあろう」

「そうかな」

「立ち入らぬことだ」

そういうと、陣場は笠を被りながら境内を出て行った。

すると、どこに潜んでいたのか、袴を穿いた深編笠の侍が三人、警固でもするように、表通りに向かう陣場の背後に続いた。

ふう、小さく息を吐いた六平太も、境内を出て小路に出た。

「秋月さん」

声を掛けたのは、表通りの方から大股《おおまた》でやって来た新九郎である。

「昨日、見回りの途中相良道場に立ち寄った時、田中祥五郎の一件を知りましたよ」

新九郎の声には、驚きと無念さがあった。

そして、三日前に東海道で出会った六平太に話した、今里村で見つかった死体こそが田中祥五郎だったということも、昨日知ったのだと口にした。

「あの日、今里村に早く着いていれば、田中の遺体にも会えたし、傷の具合も見ることが出来たのだ」

新九郎は悔しさを隠さなかった。

「表で、菅笠の侍を見ませんでしたか」

「深編笠の侍を従えていた男ですか」

「森掛藩の武芸掛なんだが、その男によれば、祥五郎は酒に酔った挙句、土地のならず者に斬り殺されたというような口ぶりでしたよ」

六平太が薄笑いを浮かべると、

「馬鹿な。ありえぬ。田中が、少々の酒でならず者に後れを取るはずはありませんよ」

新九郎は憤然と吐き捨てた。

「あ、いたいた」

草履《ぞうり》の音をさせて小走りにやって来たのは、三治である。

「今ね、口入れ屋の『もみじ庵』の使いが来て、今日じゃなくても、折があったら、岩本町にお寄りくださいということでした」

「わかった。これから行ってみるよ」

六平太が返事をすると、三治は足音を立てて『市兵衛店』の方へ引き返して行った。

「神田の方まで、ご一緒しませんか」

新九郎の申し出を受けた六平太は、表通りへ出た。

「秋月さんが、田中の死に疑いを持って、調べると仰《おつしや》ったことは、相楽先生から伺ってます」

鳥越川に架かる甚内橋《じんないばし》を渡ったところで、新九郎が口を開いた。

六平太は、森掛藩下屋敷、『練志館』での立ち合いの後、田中祥五郎に負けた神子市之亟が茶店で見せた憤怒《ふんぬ》の激しさが気になるのだと、打ち明けた。

　すると、

「なんなら、調べてみますか」

　新九郎はさらりと口にした。

「しかし、出来ますかね」

「武家絡みですから、町方のわたしがお屋敷に足を踏み入れて調べることは出来ませんが、遺体を見つけた者や、初めに調べに当たった土地の目明かしなどから話を聞いて、こう、繋ぎ合わせられれば、何があったのかという、その一端ぐらいは、見えて来るかもしれません」

　新九郎から飛び出した頼もしい言葉に、六平太は大きく頷いた。

　鳥越明神から並んで歩いて来た新九郎と、神田鍛冶町《かじちょう》で別れた六平太は、神田岩本町の『もみじ庵』へと向かっている。

　神田鍛冶町二丁目の四つ辻に差し掛かったところで、新九郎は突然足を止め、

「わたしは、これから藤蔵に会って、今里村の知り合いの目明かしのところに行ってもらうことにします」

　と、六平太に頷いて見せたのだ。

　祥五郎の死について調べると口にした新九郎は、早速動くつもりのようだ。

神田界隈を縄張りにしている目明かしの藤蔵の家のある、下駄新道《げたじんみち》の上白壁町《かみしらかべちょう》に行くと言う新九郎は、四つ辻を右へと入り込んだ。

神田岩本町は、神田鍛冶町から東へ、五町（約五百五十メートル）ばかり行ったところにある。

「ごめんよ」

六平太が、暖簾を割って土間に足を踏み入れた途端、

「秋月さん、あなたっ」

帳場に座っていた忠七が、背筋を伸ばして眼を吊り上げた。

「いいい、『いかず連』の道灌山の虫聞きで、いったい、何があったんですかっ」

「なにかとは」

六平太には、なんの心当たりもない。

「さっき、日暮里の別邸からの帰りだという『いかず連』のお千賀さんと一緒に『飛騨屋』のお登世さんがいらして、今後、『いかず連』の付添いは、秋月様に限ると仰るじゃありませんか。ですからわたし、これまでも極力そのように気を配ったつもりですと申し上げると、だったらどうして、付添いの見習いをくっつけるのかと、叱られてしまいました」

「ほう」

六平太はとぼけたが、登世がそんなことを言い出す予感は、なくもなかった。

「面白くもなんともないもう一人の薄暗いご浪人がいると、楽しい宴《うたげ》がお通夜になるから、今後一切、『いかず連』にはよこさないで下さいましと、えらい剣幕でしたよ。昨夜は、いったい何があったんですか」

忠七は、情けない声で尋ねた。

「なにもなかったがね」

六平太は、またしても惚《とぼ》けたが、

「ただ。もっとおとなしい娘さん方の付添いの方が、平尾さんにはいいように思うがねぇ」

「付添いが一人増えたから、これからのやりくりが楽になると思いましたのに」

ため息をついた忠七を見て、

「それじゃおれは」

六平太は逃げるように『もみじ庵』の表に飛び出した。

落ち込んだ忠七に慰めの言葉を掛けるのは、いささか剣呑である。

言葉一つ、言い方ひとつ間違うと、あとあとまで恨まれてしまったことが、これまで何度かあった。

忠七には悩みが増えたようだが、これからも、あの『いかず連』と付き合わなければばならない六平太にも、肩にずしりと重石《おもし》が載った気がする。
同時に、祥五郎の死の重みものしかかっている。
突然、鋭い鳴き声を上げて、小鳥が頭上を飛び去った。
秋の空が、やけに澄み切っていた。

第三話　祟られ女

一

たぷたぷという、軽やかな水音がしている。

かと思うと、ざざざと、水辺の石垣を洗うような音もして、波間に揺られるような居心地のよさに包まれていた。

「うっ」

突然の背中の痛みに声を上げた途端、秋月六平太《あきづきろっぺいた》は眼《め》を開けた。

「秋月さん、肩の下の辺り、左も右も凝ってますねぇ」

男の声が、背中から聞こえた。

板張りに敷かれた薄縁《うすべり》に腹這《はらば》って、組んだ両腕に載せていた顔の向きを変えると、細く開けられた障子の向こう、大川の西岸の三好町《みよしちょう》河岸《がし》の柳が眼に飛び込んだ。

あぁ——浅草三好町の『足辰《あしたつ》』で足力《そくりき》の療治を受けているのだということに、やっと気付いた。

障子の隙間《すきま》から、船を漕ぐ櫓《ろ》の音や水音が忍び込んでいる。

足腰が凝った時によく行っていた按摩《あんま》は、ひと月前に自分の腕を痛めて、相州《そうしゅう》の湯治場に長逗留《ながとうりゅう》することになった。

その按摩が江戸を離れる際に教えてくれたのが、灸師《きゅうし》がやっているという足力の療治所『足辰』だった。

『足辰』は、番付が下位のまま相撲取りを廃業したという三十代半ばの辰二郎《たつじろう》が、一人でやっている。

裸足《はだし》で背中に乗る足力は、体の重みがそのまま患者にのしかからないよう、両手に持った杖《つえ》を板張りに突き立てて、足の力の入れ具合を加減してくれる。

すぐ近くの浅草御蔵《おくら》やその近辺の米問屋などで働く奉公人や人足、船乗りたちが足繁《しげ》く通う『足辰』の評判はよく、六平太が療治を受けるのは、この日で三度目だった。

「そそそ、そこも痛いね」

辰二郎の足の指が、腰の痛みのツボを的確に押した。

「あちこち、歩かれたようですな」

「なんだか、ここのところ仕事の口がかかってね」

うつ伏せのまま、六平太は返事をした。

商家の婦女子の付添いで品川の御殿山《ごてんやま》にも行き、三日前の二十五日は、道灌山《どうかんやま》の虫聞きの付添いで、浅草から日暮里まで歩いた。

そして昨日は、本郷《ほんごう》の薬種問屋一家の付添いで、向島百花園《むこうじまひゃっかえん》に付き添って、健脚を誇る六平太の足腰も悲鳴を上げそうになっていた。

昨日の向島百花園への付添いは、なんの騒ぎも起きず、終始穏やかであった。

向島の料理屋では昼餉《ひるげ》のお相伴に与《あずか》り、その上、丸一日の付添い料の相場は二朱（約一万二千五百円）のところ、一朱多く頂戴したのだ。

今朝は気持ちよく起き、朝餉の後は掃除や洗濯に掛かったのだが、四つ（九時二十分）には終えてしまった。

「もし、『足辰』さん」

戸口の方から若い男の声がした。

「なんだい」

辰二郎が、六平太の腰を踏みながら返事をした。

「こちらに、浅草元鳥越《もととりごえ》の『市兵衛店《いちべえだな》』の秋月様がおいででしょうか」

表から、そんな問いかけがあった。

「いるよ」

六平太が腹這ったまま返答すると、

「構わないから、勝手に戸を開けてくんな」

辰二郎が言葉を続けた。

戸口の方に顔を向けた六平太の眼に、火消し半纏《はんてん》を羽織った見覚えのある男が土間に足を踏み入れた。

「浅草十番組『ち』組の茂次《しげじ》です。さっき『市兵衛店』に行ったら、お常《つね》というお人が、秋月様は足力に踏みつけられに行ったということでしたので、こちらに」

何度か顔を合わせたことのある茂次が、丁寧な口を利いた。

「踏みつけられにとは、お常さんが言いそうなこった」

六平太は、辰二郎の足に揉《も》まれながら、笑み混じりで呟《つぶや》いた。

「纏持《まといも》ちの音吉《おときち》兄ィから、ご用がなければ、聖天町《しょうでんちょう》においでいただけないかという言付《ことづ》けですが」

「踏まれ終わったら用はないが、何ごとだい」

「へぇ。『市兵衛店』の住人の熊八《くまはち》さんが、浅草で痛い目に遭ったとかで」

そう口にした茂次は、腹這ったままの六平太に向かって小さく頷いた。

大川橋の西詰に差し掛かったところで、浅草寺《せんそうじ》の時の鐘が鳴り出した。九つ（正午頃）を知らせる鐘である。

六平太は、音吉の使いとしてやってきた茂次と連れ立って、先刻『足辰』を後にしていた。

『足辰』のある浅草三好町から聖天町まではおおよそ半里（約二キロ）の道のりである。

「熊八が痛い目に遭ったというのは、どういうことだい」

六平太が道々尋ねたものの、詳しい事情は聞いていないという返事であった。

待乳山《まつちやま》聖天社の南西側にある聖天町の小路《こうじ》に、茂次と共に入り込んだ六平太は、角地に建つ音吉の家の戸を開けた。

「こりゃ、秋月さん」

声を上げたのは、土間の上り口に腰掛けていた近所の下駄《げた》屋の女房だった。

同時に、奥の居間にいたおきみと勝太郎《かつたろう》が、六平太に笑顔を向けた。

「佐和《さわ》さんは、たった今、自身番におむすびを届けに行ったんですよ」

そう口にして、下駄屋の女房が眉をひそめた。

「なんでまた」

六平太が首を捻《ひね》ると、

「熊八さんは、顔の傷よりも、お腹《なか》が空《す》いたのが応《こた》えてるみたい」

「傷って、顔に怪我《けが》でもしたのか」

六平太が尋ねると、おきみは小さく頷《うなず》いた。

「秋月さん、ここはわたしが番をしますから、聖天町の自身番に行ってみたらどうです」

「そうするよ」

六平太は下駄屋の女房の勧めに従い、茂次とともに自身番へと向かった。

ひと月ほど前の六月の晦日《みそか》に自身番に行ったことのある六平太は、行き方はよく知っている。

音吉の家から、小道の角を二つ曲がった先にあった。

「兄上」

通りに面した自身番の上がり框《かまち》に腰掛けていた佐和が、小さい声を発して立ち上がった。

すると、上がり框の奥の、三畳の畳の間から、音吉が顔を表に突き出した。

「兄ィ、お連れしました」

「茂次、済まなかったな。おめぇは『ち』組に戻っていいぜ」

「へい」

返事をした茂次は、音吉夫婦と六平太に会釈をして、足早に駆け去って行った。

「義兄《にい》さん、ともかく中に」

音吉に促されて、六平太は佐和の脇《わき》をすり抜けて、畳の間に上がった。

「こりゃ、どうも」

音吉とともに畳の間に居た、土地の目明かし、寛治郎《かんじろう》が六平太に頭を下げた。

その二人の前で、無心におむすびを頰張っている熊八の姿があった。

「どうも」

やっとのことでおむすびを飲み込んだ熊八が、六平太を見て笑みを浮かべた。

唇のところが小さく切れて血の固まった痕が見えるが、そのほかには怪我らしい個《か》所《しょ》は見受けられない。

頭に被《かぶ》った折烏帽子《おりえぼし》が無様に折れて塗りが剝げているのも、身に付けている狩衣《かりぎぬ》が黄色く変色したうえに様々な染みがあるのも、何年も前からのことである。

〈鹿島《かしま》の事触《ことぶ》れ〉になって町を歩くときの熊八の衣装だった。

「熊さん、なにがあったんだい」

六平太が静かに尋ねたが、おむすびを頰張ったばかりの熊八は、口をもごもごさせた。

「わたしが代わりに申します。熊八さんが世の中の厄災を唱えながら歩いていると、いきなり、通りがかりの女に怒鳴りつけられた上に、顔を叩《たた》かれたり引っ搔《か》かれたりした挙句、袖《そで》を摑《つか》まれて道端に転がされたんでやす」

寛治郎は、信じられないという顔つきでそういうと、

「そこが山川町《やまかわちょう》だったんだろう」

音吉が、外の上がり框に腰掛けている佐和に声を掛けた。

「田町《たまち》の『山重《やましげ》』さんに仕立て直しの着物を届けに行った帰り、新寺町《しんてらまち》に行くっていう山重の若い衆と通りかかったら、道端に座り込んでる熊八さんを見つけたんです」

佐和はそう説明した。

幼少の時分に始めた裁縫の腕を伸ばした佐和は、仕立て直しの仕事で得た手間賃で、六平太との暮らしを支えたこともあった。

山重というのは、佐和の腕を見込んで仕立て直しを依頼してくれている浅草の古着屋である。

「馬道の『ち』組に連れられて来たんですが、道に倒された時に腕を擦《こす》ったようで、肘《ひじ》の下や膝《ひざ》のところに擦り傷がありましたんで、塗り薬を付けた後、一応、寛治郎親分に知らせてから自身番に連れてきたようなわけで」

音吉の話で、六平太はようやく、ことのあらましが飲み込めた。

「わたしは、そのおなごを訴え出るつもりはないのですがな」

「熊八さんはそうお言いなんですが、公道で、こうして怪我をさせられてるわけです

から、一応、事情は調べるつもりでおります」

寛治郎は苦笑いを浮かべた。

「熊さんにつっ掛かった女に、心当たりはあるのかい」

「それが、一向にないのですよ」

おむすびを食べ終わった熊八は、六平太の問いかけに、落ち着いて返答した。

「わたしはいつものように辻々《つじつじ》を歩き、いずれ訪れる祟《たた》りや災害、流行《はや》り病に備えるよう、厄災除《よ》け、悪霊祓《はら》いのお札をお勧めしておったのです」

熊八の話によれば、山川町の通りで突然女の金切り声がしたという。

『わたしになにか祟りでもあるというのかい』

『祟り祟りと、なんだかわたしが悪いことをしたような言い方をしやがって』

『お前なんか他所《よそ》へ行け』

そんなことを喚《わめ》きながら近づいてきた女に、爪で顔を引っ掻かれ、袖を摑まれて、熊八は道端に投げ倒されたのだ。

「しかし熊さん、厄災はほんとに起こるのかね」

熊八の売るお札は、いささか怪しいと睨《にら》んでいる六平太は、からかうようなつもりで聞いてみた。

「起こります。厄災というものは、いついつお伺いしますと教えてくれるような相手じゃありませんから、厄介なのです。ですから、それがいつ何時、鬼となって現れてもよいように備えなさい、祟りを祓うお札をお求めなさいと足を棒にして歩き回っておるのですぞ」

熊八が珍しく六平太に抗弁すると、

「兄上」

佐和に、窘《たしな》められてしまった。

「いや、なるほど。尤《もっと》もだな」

六平太は、わざとらしい声を出した。

「親分、逃げる女とすれ違ったたっていう人をお連れしました」

上がり框の近くに立った寛治郎の下っ引きが、畳の間に顔を差し入れた。

「あら、おていさんじゃありませんか」

佐和が、下っ引きとともにやって来た女を見て声を上げた。

六平太にも、見覚えのある顔だった。

おきみと仲良しの娘がいる、山川町の鍛冶屋《かじや》、義平《ぎへい》の女房、おていである。

「おていさんが、その女を見たのかい」

「道に座り込んでるその人を囲んで、女に引き倒されたと騒ぎになってたんで、今さっき、下駄の音立ててすれ違った女じゃないかと」

おていは、尋ねた音吉にそう答え、さらに、

「あの女の顔は、以前にも見たことがあるんですよ」

とも続けた。

花川戸町《はなかわどちよう》の隣りの山之宿町《やまのしゆくまち》の『勘吉店《かんきちだな》』で灸点所をやっている女に違いないと、おていは口にした。

「毎日、鉄を叩いていると腕や肩が凝るからって、若い娘の絵の描かれた看板に釣られてうちの人が灸点所に行ったら、年増女《としま》に灸を据えられたってぼやいたんですよ。それから何日かして、馬道を歩いてたら、うちの人があの女だって指さしたのが、さっき、山川町のとこですれ違った人でした」

おていの話を聞くと、寛治郎が、

「おい、猪之《いの》」

と、下っ引きに声を掛けた。

「へい」

猪之と呼ばれた下っ引きは、頷くとすぐに駆け出した。

「それじゃわたしは」

おていは、伺いを立てるように見ると、

「おう、引き取ってくれていいよ」

と、寛治郎は頷いた。

「おていさん、わたしもそこまで」

腰を上げた佐和は、中の者たちに会釈をすると、おていと共に下駄を鳴らして去って行った。

「これは、矢島《やじま》様」

少し離れたところから、佐和の意外そうな声が届いた。

「ご無沙汰しております。三好町の『足辰』に行ったら、秋月さんは聖天町に向かったと聞いて来たんですよ」

「自身番におりますから」

佐和の声がしてほどなく、矢島新九郎《しんくろう》が上がり框から顔を突き入れた。

「こりゃ、何か取り込みですか」

新九郎は、畳の間に集まっていた一同を見回した。

「矢島さんは、『市兵衛店』の熊八を知ってるでしょう」

六平太が熊八を指し示すと、

「無論知ってます」

「この熊さんが、こともあろうに、女の悋気《りんき》を買って道端に転がされましてねぇ」

作り話を口にすると、音吉は苦笑いを浮かべ、熊八は心外だという顔で六平太を睨みつけた。

二

待乳山聖天社は小高い山になっている。

山と言っても、浅草寺の本堂の屋根の高さには及ばないから、丘と言った方がいいのかもしれない。

浅草七福神のひとつである聖天社は灌木《かんぼく》に囲まれているが、頂上からは、東方の大川や、対岸にある小梅村《こうめむら》の三囲稲荷《みめぐりいなり》までも望めたし、西方にある吉原《よしわら》も望むことが出来た。

『ち』組に戻るという音吉と別れた六平太は、新九郎を待乳山聖天社に誘っていた。

「田中祥五郎《たなかしょうごろう》が死体となって見つかった時の様子が大まかに分かりましたので、それを秋月さんにお知らせしようと」

新九郎の用件は、六平太にはなんとなく予想出来ていた。

浅草まで、六平太を訪ねて来るとすれば、祥五郎の死に関する一件だろうと思われた。

「今里村《いまざとむら》に、権助《ごんすけ》という、藤蔵《とうぞう》とも親しい目明かしが居るんですが、この男がかなりのところまで調べてくれていましたよ」

そう前置きをして、新九郎は話を続けた。

七月二十三日の早朝、今里村の農道近くの田圃《たんぼ》でうつ伏せになって死んでいた田中祥五郎を見つけたのは、土地の百姓夫婦だった。

百姓の亭主の知らせを受けた権助が田圃に駆け付けると、女房の他に、豊後佐伯《ぶんごさいき》藩、毛利《もうり》家下屋敷の辻番の親父《おやじ》や同藩の侍二人、豊後森《もり》藩久留島《くるしま》家下屋敷の侍がいて、野次馬が死体に近づかないように現場の保持をしてくれていたという。

「田中の遺体は毛利家の計らいで、すぐ近くの下屋敷に運び込まれて、町方である目明かしの権助は、屋敷に立ち入ることは出来なかったと言っています」

その後、土地の目明かしや下っ引きに加え、毛利家や久留島家の下屋敷の者たちが手分けして、近隣の大名屋敷などを訪ね回って、毛利家で預かっている遺体の確認を促した。

それから二、三刻《とき》（約四から六時間）経《た》ったころ、森掛《もりかけ》藩下屋敷の者が祥五郎の遺体を見に来て、『練志館《れんしかん》』道場に稽古に来る、上屋敷の勘定方だと証言するに至ったのである。

「田中の遺体はその後、森掛藩下屋敷に移され、その日のうちに老母と妻のいる役宅に運ばれたそうです」

そういうと、新九郎は小さくため息をついた。

「それで、弔いは」

「その翌日だったようです」

新九郎の返事に、六平太は軽くふうと息を吐いた。

「わたしは、秋月さんや岩村半助《いわむらはんすけ》の話から、先日の『練志館』道場での立ち合いに於《お》ける勝負に絡んだ意趣返しのように思えるんですがね。つまり、田中は、『練志館』の師範に呼ばれたと聞いて、二十二日の夕刻、上屋敷を出て下屋敷に向かっています。今里村に差し掛かったころ、辺りは日が落ちて、薄暗かったはずです。そこで、待ち伏せしていた何人かが、田中に襲い掛かったんですよ」

新九郎の想像は、おそらく間違ってはいないように思われるが、六平太はただ、小さく頷いただけだった。

「田圃に倒れていた田中の遺体をつぶさに見た権助は、共に傷の在り様を見た毛利家の侍たちが口にしたことについても詳細に覚えていました」

祥五郎の肩、背中、脇腹、太腿《ふともも》に付いた切り傷、刺し傷は、刀傷だけではなく、竹の槍《やり》で刺された傷があったと、新九郎は痛ましそうな顔をした。

遺体のあった田圃の近くに、真っ二つに切られた竹槍が一本落ちていて、その穂先には血が付いていたともいう。

「権助も毛利家の侍たちも、田圃や農道に残された足跡から、田中を待ち伏せしていた人数は、四、五人と見てます」

「いくら祥五郎とはいえ、薄暗がりの道端で不意をつかれたら、防ぐことで精いっぱいだったんでしょうね」

その時の祥五郎の心中を思うと、六平太の胸は張り裂けそうになる。

「しかし秋月さん、田中は懸命に応戦したらしく、田圃のあちこちに、刀の鞘《さや》の破片、手の指が三つ、刀の柄《つか》を握ったままの右手首が落ちていたそうです。田中の遺体には、手首もあり、切られた指もなかったことから、襲った連中のものと思われます。それらは、権助が拾い集めて、家に保存しているそうです」

「祥五郎を襲った連中の手がかりになりますね、矢島さん」

「とはいえ、相手がお武家となると、わたしら町方は調べる術《すべ》がありませんからねえ」

無念そうに口にすると、新九郎は大川の方を向いてため息をついた。

「町方は動きにくいでしょうが、浪人のわたしなら、狡《ずる》く立ち回れると思いますがねえ」

六平太が不敵な笑みを浮かべると、

「表立っては何も出来ませんが、手が入用な時は、遠慮なく目明かしを使って下さい」

　声を低めて申し出た新九郎は、厳しい顔をさらに引き締めた。

　田中祥五郎殺しの調べにおおよその道筋がついたところで、二人は待乳山の階段を下った。

　階段を下り切ったところで足を止めた新九郎が、

「わたしは奉行所に戻りますが、秋月さんは」

「熊さんが自身番に居るようだったら、『市兵衛店』に連れて帰ろうかと」

　六平太がそう返事をした。

「それじゃ、その辺までご一緒に」

　そう言って歩き出した新九郎に、六平太は並んだ。

　今戸橋《いまどばし》の南で折り返した市中引き回しの行列が通る道を、半町（約五十四・五メートル）ばかり南へ歩いたところで、六平太は立ち止まった。

　行く手の四つ辻を、三十ほどの女を伴った、猪之と呼ばれていた下っ引きが聖天町の方へ通り過ぎて行くのが見えた。

　聖天町に限らず、町々の自身番には、三畳の畳の間と、その奥に同じ広さの板張りがある。出入りするのは畳の間との境の板戸だけで、板張りの板壁には、捕まえた者を繋《つな》ぎ止めて置く、ほたと呼ばれる鉄の輪がある。

その板張りに、先刻、下っ引きが連れていた三十女が、無愛想に口を尖《とが》らせて座り込んでいる。

その向かいには寛治郎親分が胡坐《あぐら》をかいて座り、傍《そば》には熊八が座らされていた。

板張りの成り行きを、六平太と新九郎は畳の間から見物していた。

熊八に毒づいた挙句、道端に引き倒したのはどういうことなのか、新九郎は女への興味を抑えきれず、自身番へと行先を変えたのだった。

「お浪《なみ》さんよぉ、ただ、札を売り歩いていたこのお人に怒鳴ったり叩いたりした挙句、地べたに引き倒したのはどういうわけだい」

寛治郎に問いかけられた女は、ぷいと横を向いた。

「山之宿町の灸師、お浪です」

自身番に着くとすぐ、下っ引きは寛治郎に女の名を報告していた。

「今日はありがたいことに、北町の同心、矢島様もお出《い》でになってる」

勿体《もったい》ぶった物言いをした寛治郎は、畳の間を十手で指して、お浪の眼を、胡坐をかいている新九郎に向けさせた。

「浅草寺に近い道端で、訳の分からないことが起きたというんで、心配になってお出で下すったんだ。神妙にお話ししたほうが、身のためだぜ」

寛治郎の物言いは穏やかだが、脅しているのは明白だ。

「この〈鹿島の事触れ〉が、通りかかったあたしに、祟りが近いだの悪霊に見舞われるとか言って、近づいて来たんですよ」

お浪はぼそぼそと口を開いた。

「心当たりのある人もない人も、用心に越したことはないから、有難いお札を買いなさいとか喚いてるのに腹が立ったんです」

「わたしは喚いてはおりません」

熊八はやんわりと異を唱えた。

「だけど、あんたは、厄災や祟りは必ず来るから覚悟しろなんて触れ回っていたじゃないか」

「それは、はい」

熊八は素直に頷いた。

「それはなんだか、厄災も祟りもあたしに降りかかるとでもいうような物言いだったから、文句を言ったんだ。叩いたんだ。腕摑んで、引き倒したんだ」

お浪は、どうだと言わんばかりに背筋を伸ばして、周りを睨みつけた。

「熊八さん、袖を捲《まく》って傷を見せてやんなよ」

寛治郎に言われて、左腕の狩衣の袖を捲ると、熊八の肘や、肘から手首にかけて、擦り傷の痕が付いている。

「それだけのことで、人にこんな傷をつけちゃぁ、不味《まず》かぁねぇか。どうです矢島様」

「そうよなぁ」

話を振られた新九郎は、芝居っ気を出して腕を組む。

「いくら傷が軽くても、熊八が恐れながらと訴え出たら、奉行所としては吟味をしなきゃならねぇ。そうなると、所払か」

「え」

お浪は、新九郎が口走った言葉に軽く息を飲んだ。

「あるいは、手鎖か、過料。うまくいけば、叱りだけで済むかもしれんが、罪が消えるわけじゃない」

新九郎は淡々と話し終えた。

「熊八さんとやら、すみませんでした」

さっきまで口を尖らせて、反抗心を露《あら》わにしていたお浪はすっかり萎《しお》れて、熊八に向かって頭を垂れた。

「いや、どうも」

熊八は、どぎまぎしながらもお浪の詫《わ》びを受け入れ、

「わたしはこれで」

と、腰を上げた。

「それじゃ、あたしも」

「お前さんには、ちと聞きたいことがあるんだが」

新九郎の声は穏やかだったが、腰を上げかけたお浪の顔に、戸惑いが広がっていた。

猪之と呼ばれている下っ引きが、三畳の畳の間に移ったお浪と、新九郎、寛治郎、六平太に、湯呑《ゆのみ》に汲《く》んだ冷水を配り終えると、板張りの間に座り込んだ。

秋になったとはいえ、昼間は夏のような陽気になっており、冷水はありがたい。

大道芸人の熊八が自身番を去ってから、ほんのわずか過ぎたところである。

「旦那《だんな》、あのぉ、あたしに何か」

冷水を一口含んだお浪が、新九郎に、窺《うかが》うような眼を向けた。

「いやぁ、熊八の売り口上に腹を立てたというお前さんの様子を聞いたが、どうも、誰かになにか、祟られるような覚えがあるんじゃねぇかなんて、ふと思ってね」

新九郎が口にしたことは、お浪の話を聞いた六平太も感じていたことだった。

新九郎の言い分を聞いたお浪は、さりげなく眼を泳がせた。さらに、上体を軽く動かし、膝の上に置いた両手をしきりに揉んだ。

大きく息を吐いて、突っ張っていた両肩をがくりと落とすと、

「あたしが怖《こわ》いのは、亭主の祟りでして」

お浪は俯《うつむ》いて、ぽつりと吐いた。

賭場で捕まって島送りになっていた亭主の又次郎《またじろう》が、この秋、ご赦免になって帰って来るという知らせを、日本橋の目明かしから聞いたのが、半年前のことだったとも打ち明けた。

「帰って来るのに、なんで恐れるんだ」

「それは」

お浪は、新九郎の問いかけに躊躇《ためら》いを見せ、ふっと顔を伏せた。

そして、観念したように小さく息を吐くと、

「又次郎が出入りする賭場のことを、あたしが土地の目明かしに告げ口したんですよ。それだって、なにも憎いからじゃなく、まともな暮らしをしてほしい一心だったんです」

白状すると、お浪はがくりと項垂《うなだ》れた。

亭主の又次郎の商売は貸本屋だったという。

貸本の客は殆《ほとん》どが女たちである。

従って、武家屋敷にも商家の奥向きにも、あちこちの岡場所《おかばしょ》にも出入りするという

ことを、六平太は耳にしたことがある。

長年女たちを相手にしていると口も上手《うま》くなり、掌《てのひら》で女を弄《もてあそ》ぶ術も身に付ける。

又次郎もその例外ではなかった。

何人もの女と遊び、金を貢いだり貢がせたりと、次第に金遣いが荒くなった。

金が無くなると、お浪の稼ぎを当てにしたり、博打《ばくち》にのめり込んだりした。

酒癖も悪い又次郎に何度も泣かされたお浪は、二年半前、御法度の賭場があることを土地の目明かしに密告したのである。

「その時分は、日本橋難波町裏河岸《なにわちょううらがし》の『幸兵衛店《こうべえだな》』に住んでおりましたので、竈河岸《へっついがし》の亀七《かめしち》親分にお知らせしたのでございます」

「おぉ、亀七どんなら知ってるよ。右の耳たぶの潰れた父《と》っつぁんだろう」

寛治郎が問いかけると、お浪は頷いた。

「おれもしばらく会わねぇが、どうしてるのかね」

新九郎も、懐かしげな物言いをした。

「しかし、賭場の胴元なら島流しだとは聞いているが、ただの客も同罪になるのかね」

「賭場の胴元やそれに近い者は島流しですが、下っ端連中や客はせいぜい江戸払いというところですがねぇ」

新九郎が六平太の疑問に答えるとすぐ、

「実は、賭場に踏み込んだお役人たちを、いがみ合ってる他の博徒が押し掛けたと思って、暗がりの中で諍《いさか》いが起こり、又次郎は捕り手の一人に怪我をさせてしまい、罪が一つ重くなったようです」

さらに、流刑地は伊豆《いず》の先の利島《としま》だと説明すると、お浪はため息をついた。

「しかし、流刑人はよほどのことがない限り、島で一生を送らなきゃなりませんがねえ」

首を捻った寛治郎が腕を組んだ。

「又次郎は、商売柄、読み書きが出来ましたので、島役人に重宝がられたようだし、読み書きを島の子供たちに教えて、食い物にも困らなかったとも聞いております。その又次郎が、森の中に迷い込んだ島の子供を三日かけて捜し出した善行が認められて、たった二年でご赦免ということになったんでございます」

お浪の口ぶりには、喜びよりも、戸惑いが感じられた。

「この春、八丈島《はちじょうじま》を出た流人船に乗り込んで、江戸に戻るということか」

新九郎は、独り言のように呟いた。

流人船は、年に二回、春と秋に江戸を出て、伊豆の大島、利島、三宅島《みやけじま》などを経て八丈島に至るのだという。

今年の春、江戸を出て、島々に流人を下ろしながら八丈島に着いた船は、島の産物、島役所からの書類、書簡とともに、赦免の者がいれば乗船させて、同じ航路を引き返す。

お浪の亭主の又次郎は、八丈島からの船に乗り込んで、江戸に向かっているのである。

「だがね、お前さんの亭主は、どうしてあんたが目明かしに告げ口をしたと、知ってるんだい」

六平太が素朴な疑問を投げかけると、

「そりゃそうだ。賭場で捕まってしまえば牢《ろう》屋敷に送られて、最後に会えるのは、鉄《てっ》砲洲《ぽうず》の御船手組屋敷しかないはずだ」

新九郎によれば、島送りの流刑者たちは、鉄砲洲の御船手組屋敷に三日間留め置かれるという。

そこで、身内や知人と最後の別れをすませて、江戸湾に停泊した流人船へと運ばれて行くのが常だった。

「でもわたしは、又次郎の顔を見るのが怖くて、とうとう会いには行かなかったんだよ。合わす顔がなくて、行けなかったんだ」

お浪は、せつなげに息を吐くと、

「ところがね、流人船が江戸を出た翌日亀七親分が長屋に見えて、御船手組屋敷に行く用事があったから、ついでに又次郎に会って、柄にもなく説教をしたと言いなすってね」

片方の頰を少し引きつらせて、ふと顔を伏せた。

『女房のお浪は、おめぇを改心させようとの思いから、賭場の事をおれに知らせたのだ。その気持ちを汲んで、島では静かに暮らすんだ。そしたら、ご赦免になって、江戸に戻れる日が来るかも知れねぇ』

そんな風なことを、餞《はなむけ》として又次郎に伝えたと、亀七は、お浪に語ったという。

「亀七の親分が見えてから何日かしたら、佳代《かよ》とかいう又次郎の女が、あたしを脅しに現れましたよ。流人船が出る前日、御船手屋敷に会いに行ったら、又次郎は涙をこぼしてあたしへの恨み言を言い連ねたというんですよ。お浪が賭場のことを告げ口したのは、昨日来た亀七という目明かしから聞いてはっきりした。あいつが、御船手屋敷に会いにも来なかったわけも、やっとわかったと、又次郎はその女に掠《かす》れた声で洩《も》らしたそうです。お前は鬼だと、女は言いましたよ。又次郎はきっと、死んでお前を祟るに違いないとも吐き捨てて帰って行きました。そんなことがあったもんだから、日本橋難波町裏河岸を離れてから二年の間に何度か店替わりをして、この春、浅草の山之宿町に移って来たんです」

重く抱え込んでいたものを吐き出したせいか、話し終えたお浪の顔から憂いらしきものが剝がれ落ちていた。

「矢島様、いかがしたもんでしょうね」

寛治郎が新九郎にお伺いを立てた。

「熊八も詫びを受け入れたからには、お浪はこのまま放免ということでいいんじゃないのかね」

新九郎の裁量が出ると、

「ありがとう存じます」

両手をついたお浪は、一同に辞去の挨拶をして、自身番を出て行った。

「一応、お浪の話の裏付けを取りたいが、わざわざ寛治郎の手を煩わせることはねぇ。日本橋あたりに明るい神田の藤蔵に頼むことにするよ」

「お、上白壁町《かみしらかべちょう》の藤蔵さんなら間違いありません」

寛治郎は、満足そうな笑みを浮かべて新九郎に小さく頭を下げた。

三

浅草元鳥越町の『市兵衛店』に鐘の音が届いている。

おそらく、五つ（八時頃）を知らせる時の鐘だ。

時の鐘は、風向きによって、日本橋から聞こえたり浅草寺の方から聞こえたりするが、今夜の鐘がどっちから届いているかははっきりとしない。

「こっちの徳利《とつくり》は空だぜ」

通徳利《かよいとつくり》を持ち上げた留吉《とめきち》が口を尖らせると、

「それは元から大して入ってなかったんですよ」

三治《さんじ》が、眼の前の二合徳利を留吉の前にどんと置いた。

「わたしが持ってきたのも、まだ残ってますから」

熊八が、別の二合徳利を、片口鰯《かたくちいわし》の干物やするめの皿の並んだ板張りの真ん中に押しやった。

六平太も含む四人の酒宴が、佳境に入っている。

今日の午後、浅草聖天町の自身番で新九郎と別れた六平太は、その足を佐和の家に向けた。

一言声を掛けて帰ろうと思ったのだが、音吉の誘いに応じて湯屋につきあい、聖天町の家に戻ると、六平太の分も加えた夕餉の支度が整っていた。

音吉に酒も勧められたのだが、盃《さかずき》三杯ほどで切り上げ、食い物をしっかりと摂《と》った。

酔った足で元鳥越に帰るのは億劫《おっくう》なので、酒は『市兵衛店』に着いてからゆっくりと飲むことにしたのだ。

聖天町から『市兵衛店』に帰り着いたのは、六つ半（七時頃）という頃おいだった。

「秋月さん、お帰りを待っておりましたよ」

熊八が家の土間に入り込み、帰ったばかりの六平太に、手にした二合徳利を突き出した。

「浅草に来て頂いて、なんと心強かったことか」

熊八は、お礼に酒を振る舞いたいのだと言って、板張りに上がり込んだ。

「秋月さん、浅草の一件は熊さんに聞きましたよ」

大工の留吉が、六平太の帰りを待ちかねていたらしい噺家《はなしか》の三治を伴い、徳利や肴《さかな》を載せた皿を手にして家の中に押しかけて来たのである。

熊八の災難に、初手は同情していた三治と留吉も、半刻（約一時間）近くも経つと酔いが回り、

「熊さん、いくら商売とはいえさ、往来の真ん中で、祟りに襲われるとか不幸に見舞われるとかなんてことは口走らない方がいいんじゃねぇか」

「だが留さん、それじゃ、厄災除けのお札を売る熊さんの商売はやっていけませんよぉ」

三治は、熊八の肩を持つ。

「うん。分かった。だが言っておくが、その代わり、熊さんが口走ったことは、今日みてぇに、言い当てられて腹を立てる者も、どきりとする輩《やから》もいるってことを忘れちゃならねぇ」

「なるほど。留吉さんはつまり、世の中には、顔にも声にも出さないが、言うに言われぬ心の闇を抱えて耐えている連中がいるから、その人たちの心を知らずに突き刺すこともあるから心せよと、そうお言いなんだね」

三治が丁寧に注釈をつけた。

「まぁ、そんなとこかね。しかし、気を付けねぇと、偽の札を売りつけられたとか、お札に効き目がなかったっていう連中が意趣返しに現れるってことも覚悟しなくちゃなんねぇ」

「ご忠告、肝に銘じますよ、留吉さん」

「うん」

留吉は、熊八の返事に満足して、盃を口に運んだ。

「しかし、熊さん、その祟りを恐れてる女は、気遣いないもんですかね。浅草に行ったら、またしても怒鳴りつけられるなんてことになりゃしませんか」

三治は声をひそめた。

「その気遣いは必要ありません。いや、皆さんがお帰りになる前、井戸端で足を洗っておりますと、その、浅草の女灸師が『市兵衛店』に来たんですよ」

「お浪が？」

六平太は、思わず口にした。

「そのお浪さんが現れて、今日のことは水に流すということで話はまとまりまして、歩き回って足が凝ったら、一度、ただで灸を据えてくれるとも言ってくれました」

熊八は珍しく、締まりのない顔で目尻を下げ、

「そうそう。実は、亭主の恨みに恐れを抱くお浪さんに、秋月さんのことを話しておきました」

と、続けた。

「おれのことを、なんて」

「金次第で、危害を加える者から身を守ってくれる付添い屋だと話したら、是非頼みたいというような物言いでしたので、神田岩本町《いわもとちょう》の口入れ屋『もみじ庵《あん》』に行くように言っておきました」

その口ぶりは、淡々としていたが、六平太の付添い屋稼業を熟知した、手回しの良さである。

気負いもないし、恩着せがましいことなど微塵《みじん》もないのが、熊八の人のよさと言えた。

口入れ屋『もみじ庵』の出入り口に掛かっている臙脂《えんじ》色の暖簾《のれん》は、色落ちこそ目立たないが、端の方は、所々糸のほつれがある。

「ごめんよ」

暖簾を割って、六平太は土間に足を踏み入れた。

土間にも帳場周辺の板張りにも、人の影はない。

五つ半（九時頃）ともなると、武家や商家に人を斡旋《あっせん》する口入れ屋は、大方静かになる。

朝早く登城する大名家、旗本の供の列や商家に人を遣《や》る口入れ屋の中は、朝の暗いうちが最も慌ただしい。

商家に行く者は親父の忠七《ちゆうしち》の指図通りに行先に向かえばよいのだが、武家の供に加わる者は、乗り物担ぎ、挟み箱《はさばこ》持ち、槍持ちなどによって着るものが違うから、出掛ける前に着替えなければならないのだ。

六平太は以前、若党の装《な》りをして大名家の参勤の列に並んだことがあった。

「こりゃ、秋月様でしたか」

奥から出て来た親父の忠七が、帳場に着いた。

「おれに、付添いの口が掛かってないか、確かめに来たんだが」

「ええと」

忠七は、積んであった帳面を広げた。

大道芸人の熊八から、六平太に付添いを頼むなら、神田岩本町の『もみじ庵』に行くようお浪に教えたと聞いたのは、二日前のことだった。

お浪が、その日のうちに『もみじ庵』に頼みに行ったとは思えず、六平太は一日間を置いてから確かめに来たのである。

「あ、来てました。浅草山之宿町、浪」

そこまで帳面を見た忠七が、顔を上げ、

「頼むのは近々のことだが、日にちが何時というのは、まだ分からないと仰《おつしや》いまして」

やや困惑したように顔をしかめた。

お浪は、本気で六平太に付添いを頼む気でいることははっきりした。ただ、日にちを決めかねているのは、流人船がいつ江戸に着くのか知らされていないからであろう。

「日にちがはっきりしたら知らせに来るとお言いでしたので、そのときはすぐ、秋月さんへ使いを走らせます」

「分かった」

忠七に返事をすると、六平太は、辞去の合図に片手を上げながら表へと向かった。

「秋月様」

『もみじ庵』の表に出た途端、声が掛かった。

藍染川《あいそめがわ》に架かる弁慶橋《べんけいばし》の袂《たもと》に立っていた目明かしの藤蔵が、笑みを浮かべて近づくと、小さく頭を下げた。

「下っ引きの金太《きんた》が、こっちのほうに向かう秋月様を見たというもんですから、行先は『もみじ庵』だろうと、待っておりました」

「何ごとだね」

「矢島様から言いつかった、お浪という灸点師のことがおおよそ見えてまいりましたので、お知らせしようかと思いまして」

藤蔵は、僅かに腰を折った。


立ち話もなんですから――藤蔵にそう言われた六平太は、誘われるまま、神田上白壁町下駄新道《げたじんみち》にある自身番に上がり込んでいた。

畳の間の六平太と藤蔵に茶を出した下っ引きの金太は、上がり框に腰を掛けて、二人の話に耳を傾けている。

「日本橋住吉町《すみよしちょう》竈河岸あたりで目明かしをしていた亀七さんは、二月《ふたつき》前、六十三で死んだということでした」

そう切り出した後、藤蔵は、二日という短い間に聞き出したことを話し出した。

お浪が亭主の又次郎と住んでいた『幸兵衛店』にも行き、大家やその当時から住んでいる住人から、二人の暮らしぶりなどを聞き出せたという。

『お浪さんと亭主は、しょっちゅう揉めていた』

と、大方の者はそう口をそろえた。

大声で怒鳴り合う声も聞こえたが、揉め事の原因は、ほとんどが女か金のことだったらしい。

「又次郎が流人船で江戸を出てすぐの頃、お浪の元に女が訪ねて来て、言い合いをしたのを聞いていた住人もいましたよ」

そう言って、藤蔵は小さく頷いた。

お浪と、訪ねて来た女の凄《すさ》まじい声が『幸兵衛店』に響き渡ったのは、日が落ちてすぐの事だった。

『又次郎の金をこっちによこせ』だの『隠した金だよ』だのと喚く声が飛ぶと、『そんなもん知るか』と言い返すお浪の声も飛び交い、遂には、『お前のとこに金があるって、あたしゃ、又次郎から聞いてるんだ』と叫ぶ女の声がして、物が飛んだり叩き合ったりする音が続いたと、当時を知っている住人が話をしたという。

「大家が言うには、お浪が『幸兵衛店』から逃げるように出て行ったのは、女とやりあった二日後だったそうですから、よほど怯《おび》えたようですな」

「ほう」

六平太は、初めて耳にした。

「聖天町の自身番で話したお浪のいうことに間違いありませんね」

「だがな、お浪は、佳代という女とやりあった二日後に『幸兵衛店』を出たとは一言も口にしなかったぜ。その諍いのもとが、又次郎の金だってこともな」

呟くように口にした六平太は、日の射《さ》す下駄新道の方を見て、ふうっと息を吐いた。

「二年前のことだから、忘れていたのか、あるいは隠したか」

「隠すと言うと、秋月様」

藤蔵が小声を発して身を乗り出した。

「『幸兵衛店』の大家が、まるで逃げるように出て行ったと言ったのも、気になるといや気になるんだ」

独り言のように呟くと、六平太は湯呑を口に運んだ。

「そうそう。矢島様から伺いましたが、船手組の話によれば、八丈島からの流人船は、下田《しもだ》で風待ちをしているようで、三、四日後くらいに鉄砲洲の御船手屋敷、将監河岸《しょうげんがし》に着くようです」

藤蔵の報告に、六平太は大きく頷き返した。

お浪の付添いは、おそらく、流人船が江戸に着くその日からになりそうである。

六平太は、東海道《とうかいどう》の高輪《たかなわ》大木戸を通り過ぎたばかりである。

左手に広がる海から、塩気を含んだ風が吹きつけて来る。

ほどなく、九つ半（一時頃）という頃おいだろう。

神田上白壁町の自身番で藤蔵と別れた六平太は、その足を今里村へと向けていた。

芝《しば》、増上寺《ぞうじょうじ》門前の蕎麦《そば》屋で盛り蕎麦を腹に収めると、一気に東海道を上ったのだ。

高輪北町を過ぎ、高輪中町まで行くと、安泰寺横町《あんたいじよこちょう》へと右に折れた六平太は、下高輪村の切通を経て白金猿町《しろかねさるまち》へと至った。

下高輪村や今里村を縄張りにする目明かしの権助の住まいは、白金猿町の三叉路《さんさろ》近くにあると、藤蔵から聞いていた。

門前の通りにある桶《おけ》屋で権助の家を尋ねると、三軒先の平屋だと教えてくれた。

「ごめんよ」

六平太は、『権助』と書かれた戸障子の前に立つと、声を掛けた。

「お待ちを」

返答があってすぐ、中から戸障子が開けられ、着流し姿の、年のころ四十ほどの男が浅黒い顔を見せた。

「おれは秋月六平太と言って、神田上白壁町の藤蔵さんとは懇意にしてる者なんだが」

名乗ると、権助は途端に警戒の色を消し、

「お名前は、以前から藤蔵さんに伺ってます。北町の矢島様ともお親しいとか」

と、笑みも見せる。

今里村の田圃で殺されて死んだ田中祥五郎とは、相良《さがら》道場で同門だったことを説明した六平太は、死の真相を調べているのだということを打ち明けた。

「わたしが知っていることはなんでもお話しします」

権助は、誠実な物言いで答えた。

「祥五郎の遺体が見つかった近辺に落ちていた手首や指を、権助さんが預かっているそうだが、まずそれを見せてもらいたいが」

「こちらへ」

権助は、中に入るよう戸を大きく開いた。

六平太が中に足を踏み入れると、そこは通り土間になっていて、先に立った権助が板戸を開けて、裏庭へと出た。

六平太も続くと、庭の隅に建てられた納屋へと権助は案内した。

藁《わら》や薪《まき》などが積んである納屋にはいくつかの樽《たる》もあって、糠漬《ぬかづ》けの臭いが漂っている。

棚に置いてある、一辺が一尺（約三十センチメートル）ほどの四角い木箱を取った権助は、積んだ薪の上に置く。

その木箱の蓋を外すと、綿が敷き詰められた上に、やや変色した手首と手の指が三本、そして、塗りの施された小さな木片が並べてある。

「これか」

呟いて、六平太は手首と指に目を凝らした。

親指がひとつと、人差し指ひとつと薬指がひとつあるが、骨の太さなどから、三つの遺物はおそらく、二人か三人のものだと推察される。

手首の指は五本すべて揃《そろ》っているから、指を落とされた者たちとは違う人物のものだろう。

積んだ藁の間から、菰《こも》に巻いたものを取り出した権助が、

「田圃に落ちていた手首が、握っていた刀です」

大刀を菰の中から取り出した。

右の手首が握っていたと思われる柄は、白の鮫皮《さめがわ》で、柄尻の辺りに滑り止めの柄巻が施してあった。その刀身は血や脂で曇り、刃こぼれもある。

「ご遺体の手や指はすべて残っておりましたし、腰に残っていた鞘に損傷もありませ

んでしたから、これらはすべて、襲った連中のものだと存じます」

権助の声は静かだったが、確信に満ちていた。

六平太は、指が収められていた木箱の中から、黒塗りの木片を摘《つ》まんだ。

「それも、襲った者が差していた鞘が砕けたものと思われます。金箔《きんぱく》の模様らしいのが僅かに残ってますが」

権助の言葉に誘われて、鞘に残った模様に眼を近づけると、何かで見たような形をしている。

家紋の一部かも知れない。

権助の家を連れ立って出た六平太は、肥後宇土藩細川家《ひごうとほそかわ》下屋敷の北辺沿いを西に向かった。

細川家の屋敷と境を接する豊後森藩、久留島家の下屋敷の北側を進んだ先に小川があり、権助はその流れの手前から右に曲がり、小川に沿った道のない草地を三十間（約五十四メートル）ほど進んだところで足を止めた。

「ご遺体は、この右手の田圃の中に、うつ伏せになっておりました」

権助が指さした方を、六平太は見た。

そして、辺りを見回す。

遺体があった周辺は田圃と畑で、遠くに点在する農家の他には、武家屋敷と寺しかない。西方に見える台地は白金台町だろうが、六平太と権助の立ったところからは、十町（約千九十メートル）近くも離れている。

普段から人けの少ない場所で、しかも黄昏時《たそがれ》だったとすれば、祥五郎が襲われたところを見た者などないと思った方がよい。

「なにをしている」

農道で足を止めた二人の侍が不審げに声を掛けると、六平太と権助の方に大股で近づいてきた。

「おぬし、先日の目明かしではないかぁ」

小太りの侍が親し気な口を利いた。

「先日は、何かとお手数をお掛けしまして」

権助は丁寧に腰を折ると、

「こちらは、ここで見つけたご遺体とは剣術の道場で旧知の間柄の、秋月様というお方でして」

と、六平太を引き合わせた。

そしてさらに、二人の侍は、田中祥五郎の遺体の傍で野次馬の人払いをしてくれ、一時、遺体を預かってくれた毛利家下屋敷の家臣だと、六平太に告げた。

「田中祥五郎が、何かと世話になった由、改めてお礼申し上げる」

「いやいや、武士は相身互いと申すゆえ」

毛利家の二人は、六平太の挨拶に対して、誠実に答えた。

「ことのついでにお聞きしたいが、田中祥五郎が襲われたと思われる日の黄昏時、両者が言い合う声など、お二方が耳になさったということはありますまいか」

六平太は、遜《へりくだ》った物言いをした。

「屋敷の者ともその話になったのだが、誰も聞いてはおらんのだよ」

そう答えたのは、小太りの侍よりも年長の侍だった。

「お二方は、遺体の傷をご覧になりましたか」

六平太が話題を変えると、

「倒れていた場所でも見たし、屋敷に運んでからも、いやというほど我らは眼にしたゆえな」

小太りの侍が小さく頷くと、

「その後なにか、田中祥五郎の体の傷などで、新たにお気づきになったようなことはありませんか」

六平太は思わず畳みかけた。

「特段それはないのだが」

そう口を開いた年長の侍が、ふと思い出したように戸惑いを見せ、

「その後、森掛藩からの使いが見えて、遺体に関することは部外者には口外しないでもらいたいと頼まれているのだよ」

と、渋面を作った。

「それは、森掛藩のどなたが」

「三人とも名は申されなかったが、深編笠《ふかあみがさ》を外された顔は、武芸者らしく、体つきも逞《たくま》しい若い御仁だったが」

年長の侍はそういうと、「では」と声を発して踵《きびす》を返し、小太りの侍と連れ立って農道へと急ぎ引き返して行った。


『練志館』道場の中から、袋竹刀のぶつかる音が鳴り響いている。

六平太は、建物の回廊から道場の入口に延びている渡り廊下の傍らに佇《たたず》んでいた。

目明かしの権助と別れた後、今里村からは目と鼻の先の白金台町に足を延ばし、森掛藩下屋敷を訪ねたのである。

「お待たせをしました」

道場の中から出て来た師範の鳥飼《とりかい》が、立っている六平太の近くの縁で膝を揃えた。

久しぶりに顔を合わせた六平太と鳥飼は、奇禍によって落命した田中祥五郎を忍ん

だが、二言三言で話は途切れてしまった。

「今日お訪ねしたのは、十九日朝の稽古を見たいと参られた『興武館《こうぶかん》』道場のご門人の名を忘れましたので、今一度、お教え願いたいと思いまして」

六平太は、祥五郎と立ち合った神子市之亟《かみこいちのじょう》の名は覚えているが、他の四人の名を失念したのだというと、

「最年長が、徒組《かちぐみ》の平原忠七郎《ひらはらちゅうしちろう》で、あとは、馬廻組《うままわりぐみ》の石川力弥《いしかわりきや》、もう一人徒組の原口栄五郎《はらぐちえいごろう》と、普請方《ふしんかた》の野本鉄次郎《のもとてつじろう》ですな」

鳥飼はあっさりと教えてくれた。

他流の道場の門人とは言いながら、同じ家中の者の名には通じているようだ。

「もしよろしければ、稽古を覗《のぞ》いて行かれませんか」

鳥飼に勧められたが、六平太は、丁寧に固辞した。

四

八月となったこの日は、徳川家の初代将軍、家康が初めて江戸入りをした日ということで、江戸城内では八月一日を『八朔《はっさく》』と称して、白の帷子《かたびら》と長袴を着用して将軍に賀を奉じる、大事な祝い日であった。

吉原遊郭でも武家を真似《まね》て『八朔』を祝う習わしが長年続いている。遊女屋の花魁《おいらん》はこの日、白無垢《しろむく》を着込んで客の待つ茶屋へと向かう。二年ほど前、『八朔』の吉原を見たいという、江戸見物に来た近郊の素封家の付添いをしたことがあるが、その日の吉原は普段とは違う貌《かお》を見せる。遊女全てが白無垢を着るというそのこだわりには、幕府に許された唯一の遊里だという吉原の意地と誇りのようなものが窺えた。

浅草元鳥越町、『市兵衛店』の井戸端で朝餉に使った茶碗《ちゃわん》や箸《はし》を洗う六平太に、『八朔』の祝賀のおこぼれに与るようなことは何一つなかった。

八月の付添いの先約も、今のところ、六平太にはまだ一つも掛かっていない。

頭上を飛び去る烏《からす》の、アホウという鳴き声が、いささか癪《しゃく》に障る。

六つ（六時頃）の鐘が鳴っている頃に目覚めた六平太は、大工の留吉や大道芸人の熊八が出掛けて行く音を、寝転んでいた薄縁の上で聞いた。

残っていた冷や飯に茶を掛け、漬物だけの付け合わせで朝餉を摂ったのが四半刻（約三十分）前だった。

六平太が、朝餉に使った器を笊《ざる》に入れて井戸端に着くと同時に、噺家の三治が仕事へと出て行った。

噺家の傍ら幇間《ほうかん》業もこなす三治は、御贔屓《ごひいき》の旦那に呼ばれれば、朝暗いうちからでも駆けつける。そのひたむきさには、大いに感心している。

刻限は五つを少し過ぎた頃おいである。

「秋月様」

洗った器を笊に載せて立ち上がった六平太に、聞きなれた声が掛かった。

『市兵衛店』の木戸口から現れたのは、森掛藩藩士、岩村半助である。

「なんとも、妙なことが持ち上がりました」

不満を露わにした表情の半助は、苦々しく吐き出した。

森掛藩江戸屋敷の藩士のうち、立身流《たつみ》の剣術を鍛錬している者は、当面の間、相良道場への稽古を禁止する——そのようなお達しがあったのだという。

「そのわけは」

「立身流の稽古なら、わざわざ四谷《よつや》に行くまでもなく、下屋敷内の『練志館』で充分やれるはずだというのが、武芸掛からのお達しです」

半助は、憤懣《ふんまん》やるかたない様子で唇をギュッと嚙《か》みしめた。

「半助、お主、田中祥五郎の墓がどこか、知っているか」

「たしか、飯倉町《いいぐらまち》の一乗寺《いちじょうじ》だと聞きましたが」

「どうだ。おれと墓参りに行かんか」

六平太が投げかけると、

「お供します」

半助は即答した。


田中祥五郎の墓があるという一乗寺の名は初めて聞くが、何度も足を運んだことのある飯倉町近辺は、馴染《なじ》みの土地である。

飯倉町は、広大な敷地を擁する増上寺の西方にあり、坂を上がって飯倉町通をさらに西に向かえば、麻布龍土六本木町《あざぶりゅうどろっぽんぎちょう》へと通じる。

六平太は、半助と連れ立って、祥五郎の墓参に赴いていた。

日本橋、京橋を過ぎ、尾張町《おわりちょう》の表通りに差し掛かるまで、菅笠《すげがさ》を背中に背負っていた六平太は、芝口橋《しばぐちばし》を前にして被《かぶ》った。

森掛藩上屋敷のある愛宕下通《あたごしたどおり》が近く、顔を晒《さら》して歩くのがなんとなく憚《はばか》られた。

「半助は、上屋敷の者に見つかってもよいのか」

「今日は非番ですので」

上屋敷の使い方を務める半助は、軽く頷いた。

飯倉町へなら愛宕下通を横切る手もあるが、六平太は、増上寺の境内を突っ切って、金地院《こんちいん》裏に出ることにした。

「森掛藩の武芸掛というのは、どんな役目なんだ」

浜松町《はままつちょう》を右に折れて、増上寺の大門を潜《くぐ》ったところで、六平太は半助に尋ねた。

「詳しくは知りませんが、藩内の武芸全般に目配りをするのが務めだと聞いております」

半助が言う武芸全般というのは、軍学、剣術、弓術、砲術、居合、槍《そう》術、馬術などで、二十人もの師範を擁する武術を監督するのが、武芸掛、陣場重三郎《じんばしげさぶろう》の務めだと思われる。


増上寺の敷地の西の端にある金地院から、飯倉町三丁目の西久保《にしくぼ》西通の四つ辻に出た六平太と半助は、角地の石屋で足を止め、一乗寺への行き方を尋ねた。

「榎坂《えのきざか》を上がって、最初の四つ辻を左に曲がれば、すぐに分かります」

墓石を彫っていた石工に教わった通りに行くと、一乗寺はすぐに分かった。

門前の仏具屋で線香を求めて火を点《つ》けてもらい、山門を潜った。

庫裏《くり》に立ち寄って、田中祥五郎の墓の場所を聞いた六平太と半助は、本堂の横手にある墓地へと足を向けた。

『田中家累代之墓』と彫られた墓石の横の盛土に、真新しい白木の墓標が立っており、田中祥五郎の名と共に、『享年三十四』と記されていた。

六平太は、煙を漂わせる線香を墓標の前に置き、半助と並んで手を合わせ、瞑目《めいもく》した。

「あの」

墓標に向かって立っていた二人の背後で、か細い女の声がした。

振り返った六平太と半助の前に、切り花を手にした三十ほどの武家の妻女と思《おぼ》しき女が立ち止まり、訝《いぶか》るように眼を向けている。

「もしかして、田中さんのご妻女でしょうか」

半助が問いかけると、

「沙織《さおり》と申します」

答えた女は、ゆっくりと頷いた。

「わたしは、森掛藩の使い方、岩村半助と申します。田中さんには、『練志館』道場でご教示を賜りました」

「左様でしたか」

頭を下げた沙織は、ゆっくりと頭を上げると、六平太の方に顔を向けた。

「わたしは、以前、四谷の相良道場で同門だった」

六平太がそこまで声にした時、

「秋月六平太様ではございませんか」

沙織は、口を挟んだ。

「秋月です」

返事をすると、沙織は、今にも泣きそうな顔をして六平太を見詰めた。

「先日、久しぶりに『練志館』で稽古をしたという日、祥五郎殿は役宅に帰って来るなり、此度《こたび》は、久しぶりに秋月さんと会えたぞ。昨夜は酒も酌み交わしたぞと、子供のような笑みを浮かべて、楽しげにしておりましたのに」

そこまでいうと、沙織はこらえ切れずに掌で口を押さえた。

六平太は掛ける言葉も見つからず、沙織の口から洩れる小さなむせび泣きを、ただ黙って聞くしかなかった。

裾《すそ》を翻した六平太は、一乗寺からほど近い新堀川《しんぼりがわ》に歩を進めると、赤羽橋《あかばねばし》を一気に渡り切った。

渡るとすぐ、右に曲がる。

祥五郎の墓前で、思いがけなく対面した沙織の涙を目の当《ま》たりにした六平太は、半助を残して一乗寺を後にしたのだ。

一刻も早く、祥五郎の死の真相を明らかにしてやる——そんな思いに衝《つ》き動かされていた。

筑後久留米《ちくごくるめ》藩、有馬《ありま》家上屋敷と、筑前秋月《ちくぜんあきづき》藩、黒田《くろだ》家上屋敷の間の小路に切れ込むと、神明坂《しんめいざか》から佐土原《さどわら》藩島津《しまづ》家、柏原《かいばら》藩織田《おだ》家の屋敷に沿って進み、新堀川の東岸に差し掛かった。

眼の前の間部橋《まなべばし》を渡ってまっすぐ進めば、陸奥仙台《むつせんだい》藩屋敷前の仙台坂があるのだが、橋を渡った西詰で、六平太は迷わず左に曲がり、三田古川町《みたふるかわちょう》を目指す。

森掛藩中屋敷は新堀川の西岸近くにあった。

「お頼み申す」

門扉の開かれた長屋門を潜った六平太は、母屋の式台前で声を張り上げた。

奥から出て来た侍に、相良道場の師範代、秋月六平太と名乗り、『興武館』道場の師範、富岡甚兵衛《とみおかじんべえ》への取次ぎを頼んだ。

「それならば、道場でお待ちください」

応対に出た侍は、式台から下りると六平太の先に立った。

母屋の脇に回りこむと、敷地の外郭に沿って勤番長屋が連なっている。

勤番長屋は、独り者の家臣が寝泊りするところでもあり、参勤交代などで国元から江戸に来た家臣の宿泊場にもなる。

「中で、どうぞ」

案内に立った侍が勤番長屋の戸を開き、入るよう、六平太を促すと、

「しばらくお待ちを」

足早に母屋へと戻って行った。

草履《ぞうり》を脱いで中に入ると、そこは勤番長屋と棟続きの剣術の道場となっていた。

細長い作りながら、見た目よりも広い。

一方の壁には幾つもの無双窓が並び、屋敷の外周を見ることが出来る。

「これはこれは、秋月殿」

声を発しながら外から入って来た富岡甚兵衛が、六平太に向かい、丁寧に腰を折った。

「突然お伺いした無礼をお許し願いたい」

六平太も腰を折った。

「ともかく、お座りを」

「は」

富岡と向かい合って座るとすぐ、

「田中祥五郎の墓参りに、飯倉町に来たもので、ちとご挨拶に」

そう口にして、六平太はさりげなく富岡の顔色を窺った。

「それよそれよ」

富岡は、大きく息を吸うと、思いがけない田中祥五郎の死に驚き、無念さを口にした。その表情にも声音にも富岡の心情が籠《こも》り、祥五郎襲撃に関わっていたとは考えら

ありませんか」

「先日、『練志館』に見えられた、神子殿はじめ、平原殿ら門人の皆様にはお変わりありませんか」

　六平太は、世間話の態《てい》で話を変えた。

「それが、先日の『練志館』での立ち合いの後、神子市之亟は稽古に現れません」

　そのわけに思い至らないという風に、富岡は小首を傾《かし》げ、

「立身流の田中祥五郎との立ち合いに負けたことは、気にすることはないのだが、本人とすれば、思うところがあるのかもしれぬが」

　小さく息を吐いた。

「そうそう。ともに『練志館』に伺った、平原や石川、それに原口の三人が、『興武館』を辞めましたよ」

　富岡の口から、思いがけない言葉が出た。

「辞められた、とは」

　つい身を乗り出すと、六平太は掠れた声で問いかけた。

「詳しいことは知らぬのだが、平原は何日も出仕を控え、石川や原口は、木刀や竹刀を握れなくなったという噂《うわさ》でして」

　嘆かわしそうな顔になって、富岡は、はぁとため息をついた。

飯倉町一乗寺から三田古川町の森掛藩中屋敷に向かった道を、六平太は急ぎ引き返している。

赤羽橋《あかばねばし》を渡って、広小路から勝手原《かってがはら》へと向かったときに鳴り出した鐘は、八つ（二時頃）を知らせる、芝切通の時の鐘である。

長閑《のどか》な鐘の音に、急いでいた足の調子を崩しかけたが、瞬時に立ち直した。

もはや一乗寺に用はなかったが、神田岩本町の『もみじ庵』に立ち寄ってから浅草元鳥越町へと帰るなら、元来た道を辿《たど》り、芝切通から大横町へと抜けて東海道に出ることにしたのである。

森掛藩中屋敷に足を延ばした六平太は、祥五郎を斬殺した連中の中に『興武館』道場の門人、平原忠七郎、石川力弥、原口栄五郎がいたに違いないと確信していた。

死んだ祥五郎の傍に残された手の指や手首は、その三人の物に違いないのだ。

西久保西通を何かに急かされるように急《せ》いでいた六平太が、ふっと足を止めた。

飯倉町三丁目先の四つ辻を、前後を侍たちに護《まも》られた十人ほどの乗り物の列が、榎坂の方に進んで行くのが見える。

乗り物を担ぐ陸尺《ろくしゃく》は小さな一文字笠を頭に付けているが、警固の侍の多くは塗りの一文字笠である。ただ、列の先頭と殿《しんがり》を行く二人の侍の装りは、紺の着物に黒の袴という、以前も眼にしたことのある深編笠姿であり、さらに、乗り物に並んで歩く菅笠の侍を、六平太は凝視した。

顔は笠に隠れて見えないが、胸板の厚みを感じさせる体軀《たいく》も、歩き方も、陣場重三郎のものとよく似ている。

六平太は、乗り物の列の後に続いて榎坂を上った。

道の右側の、出羽《でわ》米沢《よねざわ》藩上杉弾正大弼《うえすぎだんじようのたいひつ》家の中屋敷の塀が切れたところで、乗り物の列は右に折れて、落合坂《おちあいざか》を下った。

乗り物の列が、米沢新田《しんでん》藩上杉駿河守《するがのかみ》家の辻番所の向かい側にある屋敷へと入って行くのを見届けた六平太は、

「いま、乗り物が入って行ったのは、どなたの御屋敷かね」

白髪交じりの辻番に尋ねた。

「遠江国《とおとうみ》、森掛藩の江戸家老、神子様のお屋敷だよ」

「ありがとよ」

礼を言った六平太は、辻番所の脇に佇んで、神子屋敷の門に眼を注いだ。

神子市之亟に会って、『興武館』の稽古に出なくなったわけを尋ねてみる手もあるし、今、どんな様子なのかを見てみたいという思いにも駆られる。

六平太が迷っていると、神子屋敷の門から、二人の深編笠の侍を従えて出て来た菅

笠の侍が、辻番所の方に頭を巡らせると同時に足を止めた。

深編笠の二人も慌てて足を止めた。

菅笠の侍は、深編笠の二人に何事かいうと、単身、佇んでいる六平太の方に向かって来た。

少し持ち上げた菅笠の下に、紛れもなく陣場重三郎の顔が見えた。

五

六平太が足を止めると、従って来た陣場重三郎も一間（約一・八メートル）ほどの間合いを取って、足を止めた。

増上寺の西端にある蓮池《はすいけ》の畔《ほとり》は、二代将軍徳川秀忠《ひでただ》を祀る、台徳院《だいとくいん》殿の裏手である。

「何か御用か」

陣場に、神子屋敷の門前で声を掛けられた六平太は、

「神子市之亟殿にお目に掛かろうかと思ったが、陣場殿にも少々伺いたいことがあったので、どこかに場所を移しませんか」

そう返答して増上寺へと誘ったのだ。

陣場は、深編笠の侍二人を先に行かせると、おとなしく六平太に付いて来た。

「立身流の稽古に励む藩士の、四谷、相良道場での稽古を禁止した訳を伺いたい」

六平太は陣場と向かい合うとすぐ、静かに口を開いた。

「立身流の剣術を習う道場が当家の下屋敷にあるというのに、なにゆえ、わざわざ四谷まで行かねばならんのか。と、江戸屋敷のご重役諸氏から疑義の声が上がりましたので、藩の総意として、申し渡したのでござる」

陣場の物言いも、気負うことなく静かであった。

「なるほど」

六平太は、陣場の言い分を受け流すと、田中祥五郎殺しの調べはしているのかと、話題を変えた。

「今里村は、ご存じのように鄙《ひな》でしてな。そのうえ、日暮れ間近であったため、田中が何者かに襲われた様子を見た者がおらず、なんの手がかりも得られなんだ」

「なるほど」

またしてもさらりと受け流した六平太は、

「田中の遺体を眼にした今里村の者たちに、傷の具合などを聞こうとすると、森掛藩から口外するなと言われたと近隣の大名家屋敷の侍が言っていたが、何ゆえの口止めか聞きたいもんだが」

「それは、某《それがし》の知らぬことだが」

陣場の声は淡々としている。

「おれが会った大名家の者によれば、口止めを頼みに来たのは、さっきも陣場殿の傍にいたような、深編笠の侍だったそうだ」

「そのような装りの者なら、どのご家中にもいる」

陣場の口ぶりには、六平太の問いかけに動じた気配はない。

そして、

「秋月殿は、何をお調べか」

陣場が、初めて問いかけた。

「田中の体に残っていた傷痕ですよ」

六平太が返事《へんじ》をすると、『ほう』というように、意外そうな顔をした。

「博徒や香具師《やし》も含め、ならず者どもの刃傷沙汰《にんじょうざた》で使われるのは、大方が匕首《あいくち》なんですよ。ところが、祥五郎の体に残った切り傷刺し傷を見た者は、ほとんどが刀傷で、刺し傷の中には、竹槍の傷もあったと言ってるんですがね」

祥五郎はならず者との諍いの末に殺されたというようなことを、以前口にした陣場に、六平太は反論を試みた。

「破落戸《ごろつき》やならず者の類《たぐい》は、刀を差した浪人を用心棒にするとも聞くが」

「おれにもたまに、そういう仕事の口は掛かりますがね」

そう言って小さく笑った六平太を、陣場は訝しそうに見た。

「田中を襲ったのは、侍ですよ」

相手の意表を衝くように、六平太はそう言い切った。

「ほう」

陣場が、六平太を見据えた。

「田中祥五郎の遺体の傍には、切り落とされた指と共に、刀を摑んだまま切り落とされた手首も見つかってるんです。その手首が摑んでいた刀の柄を見たが、ならず者どもが使うような安物じゃあない。鮫皮も用い、柄巻も手の込んでいる一振りでした」

六平太は、自分の右手首に左の手刀を軽く打ち付ける仕草をしたが、それを眼にしても、陣場の顔色に変化は見られない。

「田中祥五郎を襲った連中も怪我をしているとすれば、その治療のために、知り合いの医者に駆け込んだり、あるいは呼びつけたりしたはずです。そんな騒ぎがなかったかどうか、江戸市中の武家地を捜しまわるつもりです」

六平太は、芝居の話でもするように、楽しげな口を利いた。

「当てもなく、かね」

陣場は抑揚のない声を投げかけた。

「いや。指や手首の他にも、何かにぶつかって小さく割れた鞘も見つかってるんだが、漆塗りに金箔模様が施されていまして、それがどうも、持ち主の家紋の端っこじゃないかと思えるんですよ。最初見た時はなんの模様か分からなかったが、今思うとあれば、束ね熨斗《のし》の紋の下の方のような気がしますがね」

「まるで町方の捕物だな」

陣場の声は低いが、威圧するような響きがあった。

「知り合いに、同心や目明かしがいるもので、これまでも捕物の手伝いをしたことがあるんですよ」

「なぜ、そこまで田中の死に拘《こだわ》る」

「田中祥五郎はなにゆえ殺されなければならなかったか、残された身内とすれば、それが曖昧なままじゃ、いつまでも諦めがつかねぇんじゃないかと思ってね」

六平太は初めて、挑むような物言いを陣場に向けた。

「このことに立ち入るなと申したことを、今一度、思い出すことだ」

表情一つ変えず口にした陣場は、くるりと背を向けると、蓮池の北方へ悠然と歩き去って行った。

浅草元鳥越町の『市兵衛店』を出た時分、辺りはまだ暗かったが、霊岸島《れいがんじま》に足を踏み入れたころ、ようやく白々と明けてきた。

日の出まで、あと半刻（約一時間）という刻限である。

朝晩は、暑さに茹《う》だることはなくなったが、袷《あわせ》を着たり足袋《たび》を履いたりするのはまだ先のことだ。

裸足に草履を引っかけた六平太は、着流しの裾を軽く翻しながら、東湊町《ひがしみなとちょう》二丁目の稲荷《いなり》社の敷地に入り込んだ。

「おはようございます」

祠《ほこら》の階の前に固まっていた三つの人影のひとつから、声が掛かった。

この稲荷に集まることになっていたうちの一人、藤蔵の声である。

祠の前に近づくと、新九郎はじめ、藤蔵と浅草聖天町の目明かし寛治郎の顔が見える。

「流人船は暗いうちに着いた石川島の向こうで帆を下ろしてますから、ご赦免になった者は、御船手組屋敷から差し向けられた小舟に乗り移って、将監河岸に着くようです」

新九郎が六平太に説明した。

二日前、増上寺で陣場と対面したあと、六平太は神田の口入れ屋『もみじ庵』に立ち寄っていた。

「例の、浅草山之宿町のお浪さんが見えまして、明後日《あさって》から付添いを頼みたいということです」

親父の忠七から言い渡された六平太は、『もみじ庵』を出ると、その足でお浪の住まう山之宿町の『勘吉店』へ向かった。

「今朝方、死んだ亀七親分の縄張りを受け継いだ目明かしが訪ね当てて来まして、ご赦免の船は、明後日の朝早く着くそうです」

お浪は、六平太にそう告げたものの、自分は霊岸島には行かないと言った。

又次郎が自分に恨みを抱いているとしたら、顔を合わせるのが恐ろしくて近くには寄れないのだと怯えた。

「付添い屋さんは、江戸に着いた後の又次郎の様子を二、三日みてくれませんか。もし、佳代って女のところに行ったりして、あたしの行先を捜し始めたら、その時は教えて下さい。恨みを向けられる前に、あたしはまたどこかに逃げますから」

手を合わせて拝まれた六平太は、お浪の依頼を受けた。

ご赦免の流人を乗せた船が将監河岸に着いた日から、付添い料を貰《もら》うという六平太の申し出に、お浪はしぶしぶ頷いたのである。

「河岸に役人たちが集まりはじめました」

将監河岸の様子を見に行っていた藤蔵が戻って来て、稲荷に残っていた三人に伝えた。

「それじゃ、行きますか」

新九郎の声で、六平太と藤蔵、それに寛治郎は稲荷社を出て、右へと曲がる。

将監河岸は稲荷社から半町（約五十四・五メートル）ばかり行った先にある。

船が着く岸辺を除いて、三方は竹矢来に囲われていた。

囲いの中には、奉行所の役人や御船手組の役人と捕り手人足たちが十人以上も待ち受け、囲いの外には、島帰りの流人を待ちわびる者たちが、笠や手拭《てぬぐ》いで顔を隠して押し掛けていた。

沖に停泊した流人船から檻《おり》付きの小舟に移されたご赦免の流人たちは、将監河岸から陸《おか》に上がることになる。

そこで、姓名や請け人が確認されると解き放たれるのである。

又次郎の請け人は、おそらく佳代という女なのかもしれないが、六平太や新九郎たちは、誰もその顔を知らない。

「来た来た」

囲いの外で待ち受けていた迎えの者たちから声が上がった。

屋根船ほどの大きさの檻付きの小舟が、石川島と鉄砲洲の間をゆっくりと遡《さかのぼ》って来ると、御船手組屋敷に繋がる将監河岸へ船腹を着けた。

河岸と檻付きの舟に渡し板が掛けられると、舟の檻の戸が開かれ、日に焼け髪の伸びた、見るからに流人らしい五人の男が、前後左右を数人の捕り手に挟まれたまま河岸の竹囲いの中に入って来た。

　又次郎の顔を知らない六平太たちは、書付を持った役人が口にする名に耳をそばだてている。

　流人は一人ずつ名を呼ばれ、役人の前で書付との照合を済ませると、次々に囲いから出て、迎えの者たちに抱えられるようにして去って行く。

　遂に、最後の五人まで、又次郎の名が呼ばれることはなかった。

「顔見知りの者がいますんで、ここで、ちょっとお待ちを」

　そう言い残して、新九郎は囲いの中に入って行った。

「矢島様とお親しい、南町の同心がいらっしゃいますね」

　藤蔵が口にした直後、新九郎が一人の役人に声を掛けた。

　三言四言、短いやり取りを終えて戻ってきた新九郎の顔が、ほんの少し強張《こわば》っていた。

「昨日の夕刻、船が下田を出た直後、又次郎ともう一人の流人が喧嘩《けんか》騒ぎを起こしたらしい。又次郎は、相手の流人が手にした鎌で腹を切られて、暗い海に落ちたそうだが、流人船は助けようともせず、そのまま江戸に向かって来たということだ」

　言い終えると、新九郎は、頰を膨らませていた息を一気に吐いた。

お浪は口を半分ぽかんと開けたまま、瞬《まばた》きを忘れたように凍り付いた。

将監河岸で新九郎と藤蔵と別れた六平太は、寛治郎と共に浅草山之宿町の『勘吉店』に向かった。

六平太は、付添い料の件があり、寛治郎には新九郎から聞いた、又次郎の奇禍をお浪に伝える役目があったのだ。

「腹を切られて海に落ちたとなると、長くは生きちゃいられめぇな」

寛治郎が慰めにも似た声を掛けると、お浪は、堰《せき》を切ったように泣き声を上げた。

六平太と寛治郎は、そのままにして帰るわけにもいかず、泣き止むのを待った。

ひとしきり泣いたお浪は、大きく息を吐くと、

「これでもう、息を詰めることはないんだね」

ぽつりと洩らした。そして、

「又次郎を恐れることもなくなっちまったんだよ。ははは。親分、付添い屋さん、ありがとうありがとう」

さっきまで泣いていた顔に安堵《あんど》の笑みを浮かべたお浪が、框に腰掛けた六平太と寛治郎に向かって手を突き、額を擦《こす》り付けた。

六平太と寛治郎は、顔を見交わして頷き合うと、黙ってお浪の家を後にした。

長屋の木戸を潜ろうとしたところで、

「今日の付添い料を貰うのを忘れてましたよ」

六平太は足を止めた。

「それじゃ、あたしはお先に」

軽く辞儀をして木戸を出て行く寛治郎を見送って、六平太は踵を返した。

「忘れ物をしちまってね」

戸を開けながら声を掛け、家の土間に足を踏み入れた途端、お浪の手から離れた小さな壺《つぼ》が板張りに落ちて、割れた。

割れた壺から飛び出た小判や銀、それに銭まで、板張りに散っている。

板張りの板が二枚外してあるところを見ると、壺は床下から取り出したばかりのようだ。

「大層な額だねぇ」

六平太は笑みを浮かべて問いかけた。

お浪は何も言わず、板張りに散った金をかき集める。

「佳代という女が言っていた、又次郎が隠した金っていうのは、これのことだね」

「あたしの金だよ」

「いくらぐらいあるんだ」

「さ」

「二、三十両ってとこか」

「お前さんにゃ関わりのねぇこった」

伝法な物言いをしたお浪が、六平太を睨みつけた。

「今日の付添い料を頂きに引き返して来たんだよ」

「又次郎は戻って来なかったんだから、お前さんの仕事はなくなったはずじゃないか」

「朝の暗いうちから御船手組屋敷まで出かけたんだから、せめて半日分の付添い料は貰わないと、おれはいつまでも祟るよ」

六平太が微笑《ほほえ》みを向けると、軽く息を飲んだお浪が、割れた壺の中から摘まみ出した一朱を、土間に立っている六平太の近くの板張りに放り投げた。

「お浪さんあんた、もしかして、その壺の中の二、三十両をほしいばっかりに、又次郎を目明かしに売ったんじゃあるまいね」

一朱を摘まみ上げた六平太は、静かに問いかけた。

「あたしの稼ぎを博打《ばくち》と女に使いやがったんだ。何年も辛抱し続けた我慢料だよ」

「男が捕まった後、どうして使い切らなかったんだ」

六平太はさらに尋ねた。

「だって、いつなん時島から戻って来るかも知れないじゃないか。それに、佳代って女の眼も用心しなきゃならなかったんだよぉ。だけど、当の又次郎が死んだとなれば、明日からふふふ、誰憚ることなく堂々と散財出来るって寸法さ」

お浪は、片頬に不敵な笑いを浮かべた。

「散財を、又次郎に知られないことだな」

「又次郎は、船から落ちたって」

「流人船の役人はそう言ったようだが、海に落ちた又次郎が死んだかどうかは、分からねぇよ」

六平太が思わせぶりな物言いをすると、

「え」

と、お浪の顔が曇った。

「又次郎の死体を、誰も見てないんだよ。船から落ちたものの潮に流されて、下田近くの浜辺に打ち上げられて、誰かに助けられたとなると、事だぜ。この先も金遣いには気をつけることだね」

六平太が話をし終えた時、お浪の顔からは血の気が引き、体は固まっていた。

お浪の住まいを後にした六平太は、薬が少し強すぎたかもしれないと反省しながら、大川の西岸を大川橋の西詰へと向かっている。

日の高さから、刻限は五つ半（九時頃）かと思われる。

大川橋の西詰を右に折れると、何度か入ったことのある一膳飯屋を目指した。

暗いうちから出かけて、朝餉を摂りそびれていた六平太は、俄《にわか》に空腹を覚えてしまった。

日の昇った広小路にも、浅草寺の風雷神門《ふうらいじんもん》の近辺にも多くの人の行き交いがある。

広小路から左に曲がりかけた時、なにかの気配に、ふと足を止めた。

誰かに見られているような気配でもあるし、何かが妙な動きをしたのを眼にしたようでもある。見回したが、近辺には、種々雑多な人々の忙しい往来があるだけだ。

気のせいか——六平太は独りごちて、並木町《なみきちょう》の一膳飯屋へと急いだ。

第四話　放生の夜

一

江戸で暮らす者の多くは、朝夕の寺の鐘や市中各所に設けられた時の鐘によって、一日の時の流れを察知している。鐘の音に気付かなくても、日の高さや通りを行き交う人の動きから刻限を知る術を知っているものだ。

夕刻、大工や左官などの職人が、足早に歩く姿を見かければ、『七つ半（五時頃）で仕事じまいをして家に帰っているのだな』と、外で遊んでいる子供も家路に就く。

所帯の数の多い長屋では、仕事に出掛けた連中が戻って来る夕刻はさぞ賑《にぎ》やかだろうが、それに比べて浅草元鳥越町《もととりごえちょう》『市兵衛店』は静かなものである。

毎日決まって仕事に出掛けるのは、大工の留吉《とめきち》と大道芸人の熊八《くまはち》だけで、噺家《はなしか》の三治《さんじ》と付添い屋の秋月六平太《あきづきろっぺいた》は、仕事の口が掛からなければ長屋から出ることはない。

尻《しり》っ端折《ばしょ》りをした六平太が、釣瓶《つるべ》の水を裸足《はだし》に掛けていると、

「その様子だと、今日は付添いの仕事でしたな」

よれよれの袴《はかま》と素肌に纏《まと》った羽織姿の熊八が、埃《ほこり》まみれになって井戸端に現れた。

間もなく六つ（六時頃）という頃おいである。

「物見高い娘三人を連れて、吉原《よしわら》への付添いだよ」

六平太は、洗った足を手拭《てぬぐ》いで拭きながら返事をした。

「なるほど、吉原俄《にわか》ですな」

江戸市中を歩き回る熊八は、方々の行事によく通じている。

吉原俄というのは、吉原遊郭の芸者や幇間《ほうかん》が、廓内《くるわ》の街頭で即席の演芸や踊りを繰り広げる、いわば吉原の祭りである。

八月一日から月末まで、晴天の日に限って行われる俄は無料の上に、普段は入れない婦女子にも開放されるから、例年、大変な賑わいとなった。

俄への付添いが、混雑する初日ではなく、日を置いた八月七日のこの日だったのは大いに助かった。

六平太が、用意していた下駄《げた》に足を通した時、

「お、二人とも居たねっ」

肩に担いだ大工の道具箱を鳴らして、留吉が木戸を潜《くぐ》って来た。

「お揃《そろ》いなら、この後『金時《きんとき》』に繰り出すっていうのはどうだい」

留吉は、表通りにある居酒屋の名を高らかに発した。

「女房が支度した夕餉《ゆうげ》はどうなるんだよ」

井戸端に最も近い留吉の家から、女房のお常《つね》の声が響き渡った。

「ちっ」

三軒長屋の一番手前、戸の開け放たれた家の中に、留吉は舌打ちと共に消えた。

「さて、着替えて水でも浴びますか」

独り言を言いながら、熊八は留吉の家の隣りへと入って行く。

「秋月様《あきづき》」

路地の奥に向かいかけた時、声が掛かった。

木戸を潜って来た岩村半助《いわむらはんすけ》が、思いつめたような顔で会釈を向けた。

『市兵衛店《いちべえだな》』の路地の奥にある六平太の家は、まだ明かりを灯《とも》すほど暗くはない。

火の気のない長火鉢を挟んで向かい合っている半助は、依然、重々しい表情である。

「実は、江戸市中の所々でというか、森掛藩《もりかけ》の上、中、下屋敷周辺で、此度《こたび》の田中《たなか》さんの一件を思わせる噂《うわさ》が、流れております」

半助の口から、重く掠《かす》れたような声がした。

「森掛藩の名、田中さんの名こそ変えてはありますが、噂の概要は、藩内での剣術の立ち合いに勝った者が、惨殺死体で見つかったということが、面白おかしく広まっているのです」

「ほう」

声に出したが、六平太には意外なことではなかった。

「剣術の立ち合いに負けた者が、立ち合いに勝った者をおびき出して殺したという筋立てで読売が売られ、市中を歩き回る大道芸人の類が、あちらこちらで吹聴して回っているらしいのです」

「なるほど」

掠れた声を出した六平太は、軽く唸《うな》って腕を組んだ。

「噂に上っている藩の名、国元、お屋敷のある場所、人の名などすべて架空ではありますが、藩内の二つの流派の立ち合いが行われた経緯、その結果、田中さんが殺されたという一件を知っているのは限られます。それで、藩内では目下、探索方の横目を動員して、藩の内情を洩《も》らしたのは誰かと、血眼《ちまなこ》になって探っているのです」

半助の説明を聞いた途端、六平太は、武芸掛の陣場重三郎《じんばしげさぶろう》の周りにちらちら姿を見る、深編笠《ふかあみがさ》で顔を隠した三人の侍の姿が眼《め》に浮かんだ。

「お家の行く末に関わることではありませんが、しかし、藩内は疑心暗鬼になっています。それに、田中さんの一件を外に洩らしたのは『練志館《れんしかん》』ではないかという者もいて、一刀流『興武館《こうぶかん》』との間にも緊張が漲《みなぎ》っております」

「しかし、騒ぎが起これば、かえって事の真相が浮かび上がるということもあるぜ」

六平太は声をひそめると、小さく笑みを見せる。

「疑われているのは、『練志館』の門人たちと、秋月さんもです」

「おれもか――」

「お気をつけ下さい」

思い詰めた半助の声に、つい神妙になった六平太は、こくりと頷《うなず》いた。


居酒屋『金時』は、鳥越明神前から大川端の浅草御蔵《おくら》へと通じる往還にある。

場所柄、多くの職人、車曳《くるまひ》きや人足、船人足はじめ、大名家の勤番や中間《ちゆうげん》たちが多いので、飯屋も飲み屋も遅くまで店を開けてくれるのがありがたい。

六つ半（七時頃）を過ぎたばかりの居酒屋『金時』の店内は七分ほどの客だが、話し声が飛び交って、活気がある。

仕事帰りの職人たちの他に、担ぎ商いの男や女が、背負い簞笥《たんす》や風呂敷《ふろしき》に包んだ行李《こうり》を脇《わき》に置いて飲み食いしている姿が見られた。

六平太と熊八は、土間に近い板張りの隅で向かい合っている。

訪ねて来た半助を送り出すとすぐ、六平太は密《ひそ》やかに『金時』に誘った。

留吉にも誘いを掛けたかったが、お常に臍《へそ》を曲げられると怖いので、足音を殺して『市兵衛店』を抜け出して来たのだ。

「酌はしないが、遠慮しねぇで飲んでくれ。今夜はおれの奢《おご》りだからさ」

「ほう。それはまた」

「熊さんに頼んだ話が、ようやく、市中に広まっているらしいんだよ」

六平太が口にすると、

「あぁ、例の」

熊八は大きく頷いて、こんにゃくの煮物を口に押し込んだ。

熊八に頼んだのは、六平太が森掛藩の武芸掛、陣場重三郎と、増上寺《ぞうじょうじ》の蓮池の畔《ほとり》で会った八月一日の夜だった。

『市兵衛店』の家に招いた熊八に、田中祥五郎《しょうごろう》が惨殺された一件についての、憶測に基づく噂の流布を、六平太は依頼したのだった。

遠国の、とある大名家の江戸屋敷には二つの剣術の流派があったのだが、覇権争いも対立もなく共存していたものの、ある時を境に軋《きし》みが生じたというのが、熊八に伝えた話の発端だった。

ある日、両派の門人が親睦の立ち合いをすることになったのだが、そこで勝ち負けが出来てしまったことで流派の間に優劣が生じた。

負けた男は激しく悔やんだ。

流派の看板を背負って立ち合ったのに、負けてしまった責任を痛感するとともに、藩の重役の倅《せがれ》でもあるその男は、父に恥をかかせたのではないかという悔恨と、自負を打ち砕かれた悔しさに襲われた。

その重役の倅に同情を寄せたのが、前々からの取り巻き連中だった。

倅の覚えがめでたければ、ゆくゆくは出世もあると軽輩が望みを抱くのは、特段珍しいことではない。

立ち合いに負けた悔しさに煩悶《はんもん》する倅の心中を忖度《そんたく》した取り巻きたちは、立ち合いに勝った相手を、卑怯《ひきよう》にも偽りの呼び出しで誘い出し、荏原村《えばらむら》の田圃《たんぼ》で惨殺したというのが、六平太が熊八に頼んだ話の大筋である。

「だが熊さん、あれから五、六日しか経《た》っていないのに、よくも広まったもんだな」

「秋月さん、わたし一人でしたら、これほど早く広まることはありませんでしたよ」

熊八は、大道芸人仲間の何人かに声を掛けたと打ち明けた。

読売の男には、刷り物に書いた文言に節をつけて読み上げさせ、〈わいわい天王〉を得意とする大道芸人には、六平太から聞かされた話を、面白おかしく喋《しゃべ》り回るよう頼んだという。

「わたしの知り合いの地獄芝居の二人組にも頼んだのですがね。その二人がいうには、剣術の立ち合いに絡む話をあちこちの辻《つじ》でやったのが、今までで一番人を集めたそうですよ」

地獄芝居というのは、辻に立った二人組が、一人は僧侶役を務め、死人役の者に地獄に堕《お》ちた仔細《しさい》を尋ねるという芝居仕立てだと、熊八は教えてくれた。

地獄芝居の二人組から熊八が聞いたことによると、地獄に堕ちた侍役は、西国の某藩の剣術使い、浅野内蔵助《あさのくらのすけ》と名乗ったという。

僧侶の問いかけに蔵之助は、自分が地獄に堕ちたのは、相手の偽りの呼び出しを見抜けずのこのこと出掛けた不用心のせいだと言って、さめざめと泣くという作りだった。すると、僧侶は一言、『油断大敵』と叫んで、内蔵助を極楽に押し戻してやるというのが、今回の芝居の落ちになったらしい。

「いや熊さんにも、地獄芝居にも大いに世話になってしまったよ」

六平太はしみじみと口にすると、熊八の前に二分（約五万円）を置いた。

「これは」

熊八は、眼を丸くして六平太を見た。

「熊さんとみんなで分けてくれ」

「ちと、多すぎますなぁ」

熊八は困ったように腕を組んだ。

「遠慮はなしだよ」

「分かりました」

小さく頷くと、熊八は二分を着物の袂《たもと》に落とし、

「秋月さんが考えた噂の筋書きは、本当の事だったんですな」

「いや。立ち合いに勝った者が、何日か後に無残に斬り殺されたのは本当だが、あとは絵空事だよ」

六平太はそういうと、盃《さかずき》の酒を飲み干した。

「ですが、お武家には大なり小なり、心当たりのありそうな話ではありますねぇ」

「心当たりのある連中が、噂の出どこを捜しているらしいから、用心のために、町中で広めるのはこのくらいで打ち止めにしたいんだよ」

「なるほど、承知」

頷いた熊八が、自分の盃に酒を注《つ》いだ。

六平太は以前、大名家を相手に悶着《もんちゃく》を起こしたことがある。

その時も、熊八に頼んで噂を流し、危機を避けられた。

名誉や面目を気にする武家を相手に喧嘩《けんか》するときは、多少狡《ずる》くても、奇策に頼るのも手だと、その時以来確信している。

「いらっしゃい」

お運び女のお船《ふね》の甲高い声が店内に木霊《こだま》した。

「やっぱりここだ」

店内の土間に飛び込んだ三治が、六平太と熊八を見つけると、板張りに上がり込んで来た。

「留さんに聞いたら、秋月さんはとっくに帰ってきてるというじゃありませんか。なのに『市兵衛店』にその姿はない。そのうえ、帰ってるはずの熊さんの姿も見えないとすると、これは、留さんに内緒で、二人は『金時』に行ったに違いないと、こうして押し掛けたような次第で」

三治は、六平太と熊八を前に一気に言い連ねた。

「三治さん、何かご注文は」

土間に立ったお船が、急かす《せ》ように声を掛けた。

「あたし、長居は出来ませんから、お二人の酒を頂戴します」

三治は、六平太と熊八の了解もなしに答えた。

「へぇい」

大声を上げたお船は、板場に引っ込んだかと思うとすぐに引き返して来て、

「三治さん、ぐい飲みひとつ、お待ちどお様」

ぐい飲みを三治の横に音を立てて置くと、急ぎ立ち去った。

「酒は手酌だよ」

「分かってます」

六平太に返事した三治は、二合徳利《どくり》を傾けて自分のぐい飲みに注ぐ。

「それじゃ」

ぐい飲みを軽く掲げると、三治は一口二口、冷や酒を喉に流し込んだ。

「実は、秋月さんに聞いてもらいたいことがあります」

三治は改まったように膝《ひざ》を揃えた。

「茸屋町《ふきやちょう》の寄席で一席噺をした帰り、先に高座を降りていた噺家仲間と、賑やかに飲み食いをしていた時ですよ。すぐ隣りで飲んでいた男が、突然、女から上手《うま》く逃げる手立てはないもんでしょうかなんて、あたしらに話しかけて来ましてね」

三治によれば、その男は酒こそ飲んでいたが、酔っ払ってはいなかったという。

飽きたとか憎くなったから逃げたいわけではないのだと言いつつ、別れる踏ん切りがつきかねるのだと、その男は複雑な心情を訴えた。

三治たちは首を捻《ひね》ったが、これという名案はとうとう出ず仕舞いのまま、その場はお開きになった。

「その男、おめぇの知り合いなのか」

「たまたま飲み屋で隣り合った男ですよ」

三治は、六平太に手をひらひら打ち振った。

「そんな男の相談に、なんで乗るんだよ」

「秋月さんはそう仰《おっしゃ》いますが、女で苦労したあたしにすりゃ、他人の苦労を何とかしてやりたいという、慈悲のようなものが沸々と湧き出るんですな」

「三治さんが女で苦労したという話は、ついぞ聞いたことがありませんが」

「熊さん、あたしゃね、女の苦労なんてものは、胸に秘める性質《たち》ですから、お生憎《あいにく》様」

三治は、帯に差していた扇子を開くと、自分の顔にぱたぱたと風を送りはじめた。

「で、慈悲が湧き出て、どうなったんだよ」

六平太が問いかけるとすぐ、ぱちりと扇子を閉じた三治は顔を近づけ、

「飲み屋を出たあたしの後をついて来たその男が、声をひそめて言ったんです。わたしは、惚《ほ》れたその女を、そのうち殺してしまうんじゃないかと、それが怖《こわ》いのです。とね」

低く重苦しい声を出した。

「その男も怖いな」

「秋月さんの仰る通り。そいつもね、そんな自分が怖いから誰かに見張って貰《もら》いたい

と嘆くわけだ。自分を見張る、そんなことをしてくれるお人がなかなか見つからないというのが、その男の目下の悩みと聞いて、ハタと思いつきました。あたしの住む『市兵衛店』には、付添い屋をしているご浪人がいると教えたら、是非お会いしたいと、あたしの袖《そで》を摑《つか》むじゃありませんか」

「おめぇ、まさか」

六平太の声が、少し掠れた。

「その男を今、『市兵衛店』のあたしの家に待たせてます」

声を低めた三治は、芝居じみた顔をして、大きく頷いた。

二

五つ（八時頃）を過ぎた『市兵衛店』は静まり返っている。

六平太は、三治や熊八と共に居酒屋『金時』を出て、鳥越明神手前の小路《こうじ》を右に曲がりかけた時に、五つを知らせる時の鐘を聞いていた。

「秋月さん、その男の話をどこで聞きますか」

三治から、『市兵衛店』へ向かう小路で尋ねられた時、

「隣りが空き家になってるおれのとこがいいだろう」

六平太の提案に、三治は了解した。

熊八も同席したい口ぶりを示したのだが、

「部外者がいると、相手は話しづらくなるんじゃねぇかねぇ」

三治の返答に納得して、同席は諦めた。

我が家に入った六平太は、まず行灯《あんどん》に火をともした。

酒の残っていた通徳利《かよいとつくり》と湯呑《ゆのみ》を三つ置き、『金時』から持ち帰った肴《さかな》の残りを長火鉢の猫板に並べたところに、人影が二つ、忍び足で土間に入って来た。
二十六、七くらいの、細面《ほそおもて》の男を伴った三治である。
「こちらが例の、付添い屋の秋月さんだよ」

思い切り声をひそめた三治が六平太を指し示すと、

「与之吉《よのきち》と申します」

男も声をひそめた。

与之吉の口ぶりや物腰から、お店者のような臭いを嗅ぎ取った。

「大雑把な話はこの三治から聞いたが、なんでも女から逃げたいそうじゃないか」

長火鉢の向こうに三治と与之吉が並んで座ると、六平太が口を開いた。

「さようで」

与之吉は、膝に両手を置いて小さく頷く。

「そりゃぁ、妙な話じゃねぇか」

「というと」

三治が、六平太の疑義に口を挟んだ。

「近くに女の眼があるようには見えねぇし、今夜だって、飲み屋に行く前でも飲んでからでも、おれんとこに来る前に、闇に紛れていくらでも逃げられたんじゃないのか」

「なるほど」

呟いた三治が、自分の額を軽く叩《たた》いた手で、三つの湯呑に徳利の酒を注いだ。

細く長いため息を洩らした与之吉は、

「ですが、わたしが急に居なくなると、一人じゃなんにも出来ないお人ですので、ちゃんと暮らして行けるかどうかが――」

ぼそぼそと口にして、首を捻った。

「おいおい、女から逃げたいとか、殺してしまいそうだとかいうからこうして連れて来てやったんじゃないかぁ」

「そういう風に、ことは簡単に済まないから困ってるんじゃありませんか」

「開き直ったな」

三治が声を荒らげると、与之吉はがくりと首を折って、ううと呻《うめ》いた。

「これじゃ、相談に乗りようがねぇ。事情を話すか、じゃなきゃ今夜はこのまま帰ってもらいたいもんだ」

焦れた六平太が、突き放した物言いをした途端、

「申し訳ありません。お話しします」

火鉢の傍《そば》から弾《はじ》かれた様に後ずさり、与之吉は板張りに這《は》いつくばった。

そして、

「わたくしは、上州《じょうしゅう》、桐生《きりゅう》の糸問屋『桐生屋』の手代でございました」

そう口を開くと、ゆっくりと顔を上げた。

与之吉が逃げたいのは、旦那《だんな》の女房だった、お須美《すみ》という三つ年上の女からだと告白した。

『桐生屋』に十五で奉公した年に、与之吉は跡継ぎの嫁として来たお須美を初めて見た。

桐生でも名のある糸問屋に嫁いだお須美だったが、姑《しゅうとめ》や小姑《こじゅうと》からは女中のような扱いを受け、さらに、『桐生屋』の家督を継いだ亭主、清右衛門《せいえもん》の女遊びにも黙って耐えているということを、与之吉や一部の奉公人は薄々感じていた。

噂によれば、お須美の亭主の清右衛門の評判は以前から芳しくなく、縁談は悉《ことごと》く立ち消えになっていたのだった。

嫁が来なければ『桐生屋』暖簾《のれん》が途絶えると不安に駆られた清右衛門の親や親戚たちは、嫁捜しに奔走したらしい。

そこで白羽の矢が立ったのが、小さな染物屋の娘、お須美だった。

お須美には心に決めた男がいたのだが、『桐生屋』が介入して別れさせられたらしい。

実家が抱えていた借金を、『桐生屋』が肩代わりすることと引き換えに、お須美は清右衛門の嫁にされた。

『お須美さんは、「桐生屋」の跡継ぎとなる男児を産むためだけに旦那の嫁になった』

奉公人の間では、そんな声がまことしやかに囁《ささや》かれていた。

しかし、何年経ってもお須美に子は産まれなかった。

小僧から手代になった五年前から、与之吉は、清右衛門のお供をしたり、お須美から用事を頼まれたりするようになった。

それから二年が経った時、与之吉は実家の様子を見に行くというお須美のお供を仰せつかった。

その帰り道、お須美は小さな神社の境内に入って行った。

お参りする気のない与之吉は、本殿の前で手を合わせるお須美を、少し離れたところで待った。

その時、瞑目《めいもく》して祈るお須美の目尻から涙が一筋零《こぼ》れたのを、見た。

そして、小さな鳥居を潜って境内から出ようとしたとき、その神社は子を授かるご利益があると言われている場所だということに、与之吉は初めて気付いた。

「わたしはつい、辛抱なさいませと、お内儀《ないぎ》のお須美に慰めの言葉をかけてしまったんです。そしたら、与之吉ありがとう、ありがとうと、泣き出しまして」

与之吉はそう口にすると、六平太の向かいで、はぁと息を洩らした。

慰めの言葉を掛けたその日の夜、与之吉とお須美は、周りを憚《はばか》る密通の間柄になってしまったと打ち明けた。

「少しお飲みよ」

三治が、まだ手を付けてない湯呑を火鉢の縁に置いた。

素直に頷いて湯呑の酒を一口含むと、与之吉は話を続けた。

「密通の間柄になってからは、毎日が息をつめる日々でした。一年ばかりが経った二年前、どちらが言い出したのか今では朧《おぼろ》なのですが、わたしとおかみさんは、思い切って『桐生屋』からも上州からも逃げ出して、江戸に辿《たど》り着いたのでございます」

しかし江戸では、そんな二人に別の苦しみが待っていた。

持ち出した金でしばらくは凌《しの》げたものの、宿代に困るようになり、与之吉は働くことに決めた。

お須美も働くと言ったが、それは与之吉が頑として留めた。

とはいえ、与之吉にも満足のいく働き口は見つからない。

読み書きが出来るから、働き口はいくらでもあるはずなのだが、駆け落ちをして人別のない無宿人となった身の上だから、請け人のいない与之吉には、まともなところで働くことは出来ない。

遂に、請け人になって貰った口入れ屋に言われるまま、なんでもやった。

炭俵運び、冷水売り、紙屑《かみくず》買い、木《こ》っ端《ぱ》拾い、車曳きや車押しと、なんでもやって稼いだ。

「地獄の『桐生屋』から逃げた先にも、二人には地獄が待っていたのでございます。幸せを求めて逃げたのに、食べるものにも困る羽目に――。おかみさんからは、なんとかおしだの、嘘《うそ》つきだのと責められるし、弱気を見せると罵詈雑言《ばりぞうごん》が飛ぶのです。女として、ちゃんとした暮らしをさせてやりたいと思って、手に手を取って逃げたのに、かえって可哀相《かわいそう》な目に遭わせていると思うと、わたしも辛《つら》いのです。おかみさんに申し訳ないのです。それで、いっそ心中をと持ち掛けたことがあったんですが、おかみさんからは、死ぬならお前ひとりで死んでおくれという、つれない返事が」

与之吉は、顔が胸に埋まりそうになるくらい首を折った。

「一人で死ねとは、薄情な女だねぇ」

三治が呟《つぶや》いた。

「わたしも辛いが、おかみさんだってきっとお辛いに違いないのです。この苦しみから救い出すには、おかみさんを殺して、わたしがその後を追うしかないと、ついそう思ってしまう自分が恐ろしく、付添い屋さんに見張ってもらい、わたしがおかみさんを殺しかけたら止め立てしていただきたいのです」

鼻水を啜《すす》った与之吉は、六平太に向かって手を突いた。

「それは、ちと難しいな」

六平太はあっさりと言い放った。すると与之吉は、

「へ？」

と、声にもならない声を洩らす。

「第一に、お前さんが、いつ女を殺す気になるか分からねぇというのが困るじゃねぇか。明日、その気になると分かってるなら見張りも出来ようが、五日先、十日先ということになると、おれの身がもたねぇ」

「そりゃ、秋月さんの言う通りだ」

三治が同調して、何度も頷く。

「それに、おれの付添い料は一日二朱（約一万二千五百円）だよ」

「えっ」

与之吉は、引きつったような声を発した。

「殺しかけるお前さんを止めるのが十日先だと、付添い料は一両と一分(約十二万五千円)になるんだが、いいのかい」

「えええっ」

眼を剝《む》いた与之吉は絶句した。

六平太は、空になっていた自分の湯吞に徳利の酒を注いで、一気に喉に流し込んだ。

「与之吉さんあんた、しばらくその女の傍から離れてみちゃどうだい。おれが思うに、ひとつ屋根の下で女と面を突き合わせているから息が詰まるんじゃないかねぇ。ついつい、良からぬ思いに駆られてしまってるんじゃねぇかと思うんだ」

「あぁ。それは言えますねぇ」

大きく頷いた三治も、自分の湯吞に酒を注いだ。

「しかし、離れろと言われても、旅籠《はたご》代もありませんし」

与之吉は、消え入りそうな声を出した。

「あすこはどうです。秋月さんの知り合いが大勢おいでになる音羽《おとわ》に行って貰うってのは」

「その手はあるな」

六平太は、三治の提案に乗った。

不忍池《しのばずのいけ》から流れ出した忍川《しのぶがわ》の三橋《みはし》を渡った所で、上野東叡山《とうえいざん》から鐘の音が鳴り響いた。四つ（十時頃）を知らせる時の鐘だった。

六平太は、下谷坂本町《したやさかもとちょう》へと向かっている。

「秋月さん、朝飼はわたしが作りますって与之吉が言ってますが、どうします？」

今朝の六つ時分、六平太の家にやって来た三治に、そう尋ねられた。

三治によれば、与之吉は話を聞いてくれた六平太と、泊めてくれた三治に、何かしらのお礼をしたいということらしい。

「これから朝飼が出来るのを待つより、飯屋に行った方が手っ取り早い」

六平太の提案に三治も乗り、与之吉を加えた三人は、浅草御蔵前の一膳飯屋『久八《ひさはち》』で腹ごしらえをすることになった。

そこで、与之吉を音羽に連れて行く役目は三治に決まった。

二、三日、与之吉を預かる算段をしてもらいたい――六平太の言伝《ことづて》を、居酒屋『吾作《ごさく》』を営む音羽の菊次《きくじ》に伝えるのが、三治の役回りだった。

「おれは、このあと、お須美っていうお前さんの女に会うことにするよ」

六平太がそういうと、

「会って、なにを」

眼を丸くして、与之吉は身を乗り出した。

「お前さんの先行きのことを考えるなら、お須美って人の話も聞いておかないと埒《らち》は明かないだろう」

六平太の返事には、与之吉は何も言わず頷いた。

その後、音羽に向かう三治と与之吉とは一膳飯屋の前で別れ、六平太は下谷坂本町へと足を向けたのである。

与之吉とお須美が暮らしているのは、『伊兵衛店《いへえだな》』だと聞いている。

上野東叡山の台地の東の際にある下谷坂本町の近くで、『伊兵衛店』の場所を聞くと、

「あぁ。みみず長屋なら、上野東叡山の火除地《ひよけち》の手前だよ」

土地の者からは、そんな答えが返って来た。

下谷坂本町は、上野東叡山の崖の下にあった。

雨が降れば、台地からの水が流れ落ちて湿地になりそうなところに『伊兵衛店』は建っていた。

水が引いたらみみずが這い出し、近くの墓地の泥も流れて、人骨が顔を出すほどだということから、『みみず長屋』とも『白骨長屋』とも呼ばれているらしい。

今にも倒れそうな『伊兵衛店』の木戸を潜った六平太は、

「与之吉さんの家はどこかね」

井戸端で釜の煤《すす》を落としている老婆に尋ねると、向かい合わせに建っている五軒長屋の、右側の一番奥を指さした。

「ありがとよ」

声を掛けた六平太は、台地の崖に一番近い家の戸口に立った。

崖が崩れたら真っ先に潰れるに違いない。

「こちらに、お須美さんはおいでだろうか」

六平太が声を掛けると、中から微《かす》かに衣擦《きぬず》れの音がして、

「どなた」

愛想のない女の声が返って来た。

「秋月六平太という者だが、おれの知り合いに、昨夜、与之吉さんと引き合わされましてね」

言い終わる前に中から戸が開けられて、三十に手の届いていると思《おぼ》しき女が眼の前に立った。

「お須美さんで」

「そうだけど、なにか」

お須美の声には警戒する響きがあった。

「おれの知り合いが、与之吉さんから、お前さんとの暮らしのことでいろいろ相談を受けたらしくてね、済まないがお須美さんの存念ってやつを聞いて来てくれないかと頼まれて、こうして訪ねて来たんだよ」

六平太が穏やかな口を利くと、お須美は、『入れ』とでも言うように、戸を大きく開けた。

お須美は土間から板張りに上がって、裁縫箱の横で膝を揃えたが、六平太は上がり框《かまち》に腰を掛けることにした。

着ているものはかなり着古し、髪は結わず、後ろで束ねている様子から、つましい暮らしぶりが窺《うかが》える。だが、お須美の顔立ちや物腰からは、商家のお内儀だった面影がそこはかとなく漂っていた。

「与之吉さんが口にした相談事は、知り合いと一緒におれも聞いたよ。だから、与之吉さんとお前さんが、どういう事情で江戸に流れて来たのかも知ってるし、その後の暮らし向きの苦しさも承知してるんだ」

「ご浪人、いえ、秋月様。あなた、与之吉に頼まれておいでなさいましたか」

「おれは多分、頼まれたら来やしなかったよ」

六平太が小さく笑みを浮かべると、お須美は訝《いぶか》るような顔をした。

「ただ、気になることがあったもんだからさ」

「というと」

お須美が、六平太を見たまま問いかけた。

「与之吉さんというお人は、決して悪い人じゃない。だが、こんなことを言っちゃなんだが、甲斐性《かいしょう》があるようには思えないし、人別も無いから、これからも稼ぎはおぼつくまい。そんな、頼りがいのない男から、どうして逃げるなり、放り出すなりしないのかがおれには分からねぇし、与之吉さんがどうしてお前さんから逃げ出さないのかも不思議でしょうがねぇ。それでまぁ、こうやってね」

話を聞き終わったお須美は、小さくふんと鼻で笑うと、裁縫箱の針を一本摘《つ》まんで、針山に突き刺したり抜いたりし始めた。

「一人で生きるほうが楽だと思うがねぇ」

「楽かそうじゃないかで道を選ぶなら、そりゃ、楽な方を取りますよ」

そう言って針山に針を刺すと、

「わたしが、『桐生屋』から逃げ出すと腹に決めたのは、与之吉の真心に打たれたからですよ」

呟くように口にしたお須美は、小さくふうと息を吐いた。

「贅沢《ぜいたく》はさせられないが、辛く、悔しい、地獄のような『桐生屋』から助け出して、幸せにして差し上げたい、そう言ってくれた与之吉に、わたしは縋《すが》ったんです。ところが今も、ご覧のように、地獄と似たような襤褸屑《ぼろくず》まみれの暮らしです。幸せにすると一旦口にした約束は、与之吉には必ず果たして貰います。じゃなきゃぁ、死罪にもなりかねない密通など、出来やしませんよ。与之吉を密夫《まおとこ》にした時から、一蓮托生《いちれんたくしょう》、地獄から抜け出す修羅の旅に出ることになったんですから」

軽く背筋を伸ばして六平太を見たお須美の様子には、なみなみならない決意が漲っていた。

「それで、与之吉は今、どこに」

「すまないが、それは教えられないよ」

六平太の返事に、お須美の眼がすっと吊り上がった。

「思い悩んでる与之吉さんの様子じゃ、下手《へた》をすると首を括《くく》りかねないんだよ。ここはひとつ、何日か離れてみるのも息抜きが出来て、二人には、かえっていいような気がするんだがねぇ」

六平太は努めて穏やかに口を利いた。

お須美は、天井を向いてしばらく考えると、六平太を見て小さく頷いた。

「それじゃ、おれは」

六平太も頷いて、上がり框から腰を上げた。

「お願いがあるんですが」

お須美が遠慮がちな声を出した。

「なんだい」

「三十文（約六百円）、いえ、二十文でもいいんですけど、お貸し願えませんか」

居住まいを正したお須美は、

「昨日出たっきり、与之吉が帰って来ませんので、食べるものも食べられなくて」

両手を突いた。

六平太は、上がり框に五十文ほど置くと、

「これは、返さなくていいよ」

そう言い残して、土間から路地へと出た。

三

小石川《こいしかわ》から大塚台町《おおづかだいまち》へと東西に貫く往還に立つと、音羽の家並が眼下に広がって見える。音羽は、護国寺《ごこくじ》門前から江戸川へ南北に延びる参道沿いの門前町である。

護国寺近くの音羽一丁目から始まる参道は、音羽九丁目先の音羽桜木町《さくらぎちょう》まで一直線に緩く下っている。

門前町の家々の甍《いらか》は、秋の日射《ひざ》しを浴びていた。

下谷坂本町の『伊兵衛店』を後にした六平太は、不忍池の南端から湯島《ゆしま》を通り、水戸中納言《みとちゅうなごん》家の上屋敷の北から、上りの道を歩き続けた後、小日向三軒町《こびなたさんけんちょう》の道端で足を止め、一息入れたばかりだった。

途中で九つ（正午頃）の鐘を聞いてから、半刻（約一時間）ほどが経った頃おいである。

小日向三軒町から音羽へは、谷へと延びる坂道を下ればよい。

六平太は、武家地と寺の立ち並ぶ坂の町を下り始めた。

林泉寺《りんせんじ》脇から茗荷谷《みょうがだに》を下り、小日向五軒町の四つ辻を左に折れる。

小日向台町の丁字路を右に曲がって、鼠《ねずみ》ヶ谷《やつ》の大縄地を突っ切った六平太は、音羽八丁目の参道の東側へと出た。

参道を横切って西側に渡った六平太は、一本奥の、南北に延びる小路を北へ足を向ける。

緩い上り坂の行く手の角にある居酒屋『吾作』から出て来た担ぎ商いの男が、荷を背負いながら表通りの参道へと歩き出すのが見えた。

六平太が、『吾作』の縄暖簾を割って中に足を踏み入れると、

「いらっしゃい」

土間の一番奥の卓で、重ねたお盆を拭いていたお国《くに》が、にこりと笑みを向けた。

するとすぐに、

「菊さん、秋月様ですよ」

と、土間の奥の方に向けて声を上げた。

「聞こえてるよ」

そう言いながら現れた菊次は、茄子《なす》や胡瓜《きゆうり》の糠漬《ぬかづ》けの載った皿を手にしていた。

「『市兵衛店』の三治が、男を連れて来たろう」

「兄ィ、お掛けになって」

勧められて酒樽の腰掛に掛けると、菊次は卓の向かい側に腰掛けた。

「これはわたしが」

お国は、糠漬けの載った皿を菊次から受け取ると、板場に運んだ。

「それで、あの与之吉って男のことはどうなった」

「丁度昼餉時に、三治さんが連れて来たんですよ」

菊次はそう言うと、若い衆二人と来ていた毘沙門《びしやもん》の甚五郎も六平太からの言付《ことづ》けを聞くことになったらしい。

三治から事情を聞いた甚五郎は、毘沙門の若い衆を走らせて、知り合いの家主に空き家がないか聞き回らせたという。

それで見つかったのが、小さな一軒の平屋だった。

「わたしが以前住んでいた、鼠《ねずみ》ヶ谷《やつ》下水の『八郎兵衛店《はちろべえだな》』の近くなんですよ。鋳掛屋《いかけ》さんが半月前に四谷《よつや》に移ったんで、空いてたそうです」

板場から出て来たお国が、六平太の前に置いた湯呑に土瓶の茶を注ぎながら説明すると、

「それでさっき、穏蔵《おんぞう》が来て、与之吉って男を鼠ヶ谷下水に連れて行ったとこでして」

菊次が付け加えた。

「そしたら、おれも行くって、公吉《こうきち》は穏蔵さんに付いていきましたよ」

お国が口にした公吉というのは、六つになる自分の倅である。

亭主に死なれたお国は公吉を抱えて苦労していたのだが、この夏、菊次と所帯を持ち、『吾作』の奥の一間で三人は寝起きをしている。

「ただいま」

声を上げて外から飛び込んできたのは、公吉だった。

「お前ひとりかい」

「違う」

笑って答えると、公吉は土間の奥の部屋に駆け上がった。

「ごめんよ」

戸口の縄暖簾を掻《か》き分けて入って来たのは、甚五郎で、その後に与之吉と穏蔵が続いていた。

「こりゃ秋月さん、おいでてしたか」

「与之吉さんの事じゃ、親方にまで手数をかけたそうで、相済みません」

六平太は腰を上げて、頭を下げた。

「家主の弦右衛門《げんえもん》さんには、取りあえず四、五日借り受けると言っておきましたが、延びるようなら前もって言えば、どうにでもすると言ってますから」

「それくらいまでには、なんとか片をつけたいところですが」

六平太は、相変わらず気の回る甚五郎にそういうと、

「そうだろう」

傍らで小さくなっている与之吉に声を掛けた。

「皆さんには、何かとお世話になってしまって」

与之吉は、声を震わせて顔を伏せた。

「与之吉さん、うちの者は放生会《ほうじょうえ》を控えて飛び回っておりまして、一日中、お前さんの近くに張り付いてばかりはおられませんが、時々、この穏蔵を鼠ヶ谷下水に走らせますから、用があれば言い付けてもらいてぇ」

「はい」

与之吉は、甚五郎に向かって、深々と腰を折った。

「与之吉さん、それでいいね」

「はい」

六平太の問いかけに返事をしたものの、

「もし、腹が減ったらここに来て食えばいいんだからよ」

菊次の声に、与之吉はとうとう、めそめそと泣き出してしまった。

居酒屋『吾作』の開け放された戸の外の小道はすっかり暗くなってしまった。

表通りから一本西にある小道を、男どもの笑い声や千鳥足が通り過ぎている。

六平太がおりきと連れ立って『吾作』に来たのは、四半刻（約三十分）前だった。

それからほどなく、何組かいた客が次々に出て行ってしまった。

「丁度いい。お国、提灯《ちようちん》の明かりを消そうぜ」

菊次が板場で声を張り上げると、

「はぁい」

お国は、心得たと言わんばかりに、表の提灯の明かりを消すと暖簾を仕舞い、瞬く間に店じまいをしてしまったのである。

刻限は、五つ（八時頃）を僅かに過ぎた時分だろう。

板場の片付けを終えた菊次は、ほんの少し前に、六平太とおりきの着いた卓に腰を落ち着け、飲み始めたばかりだった。

「残り物ですが」

お国が、切り干し大根や茄子の田楽、蓮《はす》のきんぴらを容《い》れた小鉢を卓に並べた。

「お国さんも座ったら」

「公吉が奥でうつらうつらしてますから、寝かしつけてからに」

お国はおりきに頭を下げると、土間の奥へと去った。

「しかし、与之吉って男が、奉公先のお内儀さんと密通とはねぇ。いや、そんなことをしでかす野郎は、鼻持ちならねぇ男だろうと思っていたからさぁ」

そう言ってぐい飲みの酒を呷《あお》った菊次は、感心したように首を傾げた。

「お須美って女房に逃げられたご亭主が、お上に訴え出ているとすればことだよ。お縄にでもなったら、与之吉は密通の罪で死罪にだってなりかねないからね」

「いや。それもただの死罪じゃねぇよ。奉公先の主人の女房との密通は、下手すりゃ、市中引き回しの上に獄門か、火あぶりの刑だ」

六平太が、手酌をしながら呟いた。

北町奉行所の同心、矢島新九郎《やじましんくろう》か目明かしの藤蔵《とうぞう》から、そんなような刑罰を聞いたような気がする。

女にしても、ただでは済まない。少なくとも、遠島になる恐れはある。

「けど兄ィ、七両二分（約七十五万円）で示談にする手もあるはずだぜ」

「それは、寝取られた亭主の側の、裁量次第だ」

「なぁるほど。しかし、生きるか死ぬかを覚悟の上で密通までして、そのうえ駆け落ちした二人だろう。今んなって、女から逃げ出したいなんていうのは、与之吉ってのは、男の風上にも置けねぇなぁ」

菊次はそういうと、自分のぐい飲みに酒を注いだ。

「だけどさ、分かるじゃないか」

「というと」

菊次はおりきに、不服そうな眼を向けた。

「駆け落ち者というのは、世間に背中を向けて、息を詰めて生きて行かなきゃならないじゃないか。他に頼る者もいないから、いつも二人で向き合わなきゃならないんだよ。ぶつかった時も、他に相談する人もいないから、お互い言いたいことも言えず、我慢して自分の腹の中に収めるけど、そんなもの、いつまでも溜《た》め込むことなんかできやしないよ。そうなると、相手のことがうっとうしくなったり、憎らしくなったりするんだよ。そこが、ただの遊びで繋《つな》がった男と女と違って、死ぬのを覚悟で罪を背負った二人だから始末が悪いんだ。ここにきていっそ憎み合ったらすんなり手切れは出来るけど、六平さんから話を聞くと、与之吉さんとお須美さんという二人は、どこかで相手を思いやっているようだ。そういう二人は、すっぱりと思いが切れない分、かえって不幸なのかもしれないよ」

そう言って吐息をついたおりきのぐい飲みに、六平太は酒を注いでやった。

「おや、気が利くこと」

ふふと笑って、おりきはぐい飲みを口に運んだ。

すっぱりと思いが切れない分、かえって不幸なのかもしれない——そう口にしたおりきの眼力には恐れ入る。

音羽に来る前に会ったお須美の話しぶりから、与之吉とは切るに切れない何かに縛られているような気がしていた。

それが、情なのか意地というものなのか、判断はつきかねる。

戸の開く音がして、甚五郎が若い衆の六助《ろくすけ》を引き連れて入って来た。

「親方、待ってましたよ」

立ち上がった菊次が、樽《たる》の腰掛を指すと、

「まだ用事の途中だから、腰を落ち着けるわけにはいかないんだ」

甚五郎は渋い顔を見せた。

その横に立っていた六助が、まるで一同に詫《わ》びるように頭を下げる。

「親方、一杯だけでも如何《いかが》です」

「そうだそうだ」

菊次が、おりきの提案に賛同して、酒を注いだ湯呑を甚五郎と六助の手に持たせた。

「せっかくだ。いただくよ」

甚五郎が湯呑を口に運ぶと、六助は一気に飲み干し、

「菊次兄ィ、ごちそう様」

と、湯呑を卓に置いた。

「実は、秋月さんに話しておくことがあって、立ち寄ったんですよ」

甚五郎が、心なしか声を低めた。そして、

「佐太郎《さたろう》によりますと、今日の夕刻、桜木町のわたしんとこに、深編笠のお侍が二人訪ねて来て、秋月さんの居所を聞いたというんですよ」

甚五郎が口にした佐太郎というのは、毘沙門の若い衆を束ねる男である。

応対に出た佐太郎と、土間の近くで作業をしていた竹市《たけいち》や穏蔵たちは、編み笠を取らない侍二人の出方にも横柄な物言いにも臍を曲げてしまったらしい。

『人に物を尋ねる時は、その物腰に気を付けろ』

気の短い竹市が、侍二人に向かって、啖呵《たんか》を切ったら、そのまま出て行ったという。

「それを佐太郎が気にしてまして、おれの口から秋月さんに詫びをしてくれと、そう

いうことなんですよ」

甚五郎は軽く頭を下げた。

「なぁに、構やしませんよ」

六平太は笑って、片手を横に打ち振った。

「そうそう。礼を重んじると言われるお侍が、毘沙門の若い衆から礼儀を教えられるとは、小気味いいじゃありませんか」

おりきも笑みを浮かべて、ぐい飲みの酒を飲み干した。

「それじゃわたしらは」

甚五郎は小さく腰を折ると、六助とともに、表へと飛び出して行った。

「兄ィを訪ねて来たっていう侍は、何者かね」

「さぁな」

菊次の問いかけに六平太はとぼけたが、心当たりはあった。

森掛藩江戸屋敷の武芸掛、陣場重三郎の身辺に時々姿を見せる、深編笠の侍たちの姿を思い浮かべていた。

護国寺の境内は、参拝の人々や、江戸の寺社見物を目当ての人々で混んでいる。

四つ（十時頃）という時分だが、夏のような日射しはやわらぎ、境内の樹間を流れる風が心地よい時候になっていた。

茶店の屋根の外に置かれた縁台に与之吉と並んで腰掛けた六平太は、のんびりと行き交う庭見物の人たちを眺めている。

音羽に来て二日後の午前、六平太は鼠ヶ谷下水の仮の宿を訪れて、与之吉を護国寺の境内へ引っ張り出したのである。

「お須美さんとお前さんは、桐生を出てから、こうして別々の場所で寝起きをしたことはあったのかい」

「いいえ。初めてですよ」

与之吉は、間を置かず返答した。

「初めて離れて、どんな心持ちだい」

その問いかけに、与之吉は小さく首を傾げた。そして、

「おかみさんの、きつい顔を見なくて済むからほっとはしながら、昨夜は、どんな顔をして一人で過ごしたのかって、――そんなことを思うと、わたしはおかみさんから離れたいのか、離れたくないのか、本当はどっちなのか、自分でも分からなくなります」

小さく息を吐いて、遠くに眼を遣《や》った。

境内の通路沿いの竹垣の補修やら、立木の添え木の修繕をする庭師たちに混じって、

毘沙門の若い衆の弥太《やた》や三五郎《さんごろう》、それに穏蔵が動き回っているのが見えている。

「なにか、お祭りが近いんですかね」

与之吉が、ぽつりと声にした。

「十五日は放生会で寺は人で混むから、それに備えているのさ」

「今日は十日ですから、もうすぐだ。田舎では放生会にも行きましたが」

与之吉は、最後の方の言葉を呑み込んだ。

六平太は、例年、放生会に行く婦女子の付添いを頼まれるのだが、今年はまだその予定はない。

頼まれる放生会の付添いは、口入れ屋『もみじ庵《あん》』のあるのが神田という場所柄、深川の永代寺《えいたいじ》へ行くことが多いのだが、早稲田《わせだ》の放生寺《ほうしょうじ》へ行くこともあった。

捕まえた魚や鳥獣を野に放つことで、殺生を戒めたり功徳を得たりする儀式である。

その夜、寺社の境内には、川に放つために売られる亀売りや鰻《うなぎ》売り、それに鳥売りの店が並び、功徳を得たい客が押しかけて買い求める。

「亀や鰻は、いくらで買われるんですか」

「亀も鰻も、三文（約六十円）だったような気がするな」

自分で買い求めることは滅多に無い六平太の記憶は、朧だった。

「亀と鰻は川に戻され、鳥は籠から空へ飛びますかぁ」

謡うように呟いた与之吉が、ぼんやりと見上げた。

「お前とお須美さんが居るところを亭主に見つかれば、死罪ってことになるのは、分かってるのか」

「知ってますが。多分、旦那さんは、行方を捜すようなお人じゃありませんよ。訴え出て、周りから無様な男だなんて思われるのを、ひどく嫌う人ですから」

「なるほど」

六平太は、与之吉が口にしたような気障《きざ》な男に何人か心当たりがあった。

「あ、いたいた」

山門の方から足音を立てて現れたのは、森掛藩藩士、岩村半助を伴った菊次である。

「元鳥越の『市兵衛店』に行ったら、音羽に行ったと聞いて来たそうでして」

菊次がそういうと、

「居酒屋『吾作』さんを訪ねれば、秋月さんの行く先はすぐに分かると聞きまして、こちらの菊次さんのところに」

そういうと、半助は軽く頭を下げた。

「だが、よくここが分かったな」

「四丁目んとこで楊弓場《ようきゅうば》のお蘭《らん》に会ったら、秋月の旦那は境内の『松露家《しょうろや》』に行くって言ってたよと、教えてくれまして」

菊次は茶店の名を口にすると、半助に眼を遣り、

「こちらの御用がおありでしょうから、わたしはこれで」

「そしたら、わたしも一緒に」

縁台から腰を上げた与之吉は、菊次と並んで山門の方へと歩き去った。

「昨日、江戸屋敷で、ちょっとしたことが持ち上がりました」

縁台に腰掛けるなり、半助は声をひそめた。

「神子市之亟《かみこいちのじょう》殿と親しい連中のうち、平原忠七郎《ひらはらちゅうしちろう》殿、石川力弥《いしかわりきや》殿、原口栄五郎《はらぐちえいごろう》殿が、揃って『興武館』道場を辞めていたことが分かりました」

半助が口にしたことは、すでに『興武館』道場の師範、富岡の口から聞いていた。

田中祥五郎を襲撃した際、その三人は、二度と剣を握ることの出来ない損傷を受けていたに違いないと六平太は確信していた。

「その三人の中に、家紋が、束ね熨斗《のし》という藩士はいるかな」

六平太が尋ねたのは、祥五郎が倒れていた田圃に落ちていた、鞘《さや》の破片から窺えた家紋の柄のことである。

「さぁ」

首を捻った半助は、

「どこかで見たような気はしますが、その三人の家紋ではないと思います」

と、断じた。

「それよりもう一つ、昨日、陣場様が武芸掛を罷免されるという、なんとも解せないお沙汰がありました」

「なに」

思わず口を衝《つ》いた六平太の声は、掠れていた。

四

浅草元鳥越町の『市兵衛店』に着いたところで、上野の方から、鐘の音がした。

四つ（十時頃）の鐘である。

おりきが朝から髪結いに出掛けるというので、六平太は音羽を離れることにした。

関口駒井町《せきぐちこまいちょう》の家を五つ過ぎに出た六平太は、道具箱を下げて護国寺の方へと行くおりきを見送ってから、江戸川橋を渡り、四谷へ向かった。

音羽を訪れた岩井半助から、陣場重三郎の罷免を聞かされたのは昨日のことである。

与之吉については、差し当たり心配するようなことはないように思える。

それよりも、森掛藩の動向が気になった。

音羽に現れて、六平太の居所を尋ねた深編笠の侍は、陣場重三郎とも関わりのある森掛藩の藩士と見てよい。

いざという時には、『市兵衛店』に居た方が対応しやすい——そう決断して、音羽を後にしたのだった。

六平太は、『市兵衛店』の我が家に入ると、二階へ上がって窓を開け、着替えをはじめた。

少し汗ばんだ体が、通り抜ける風になぶられて心地よい。

あっという間に帯を締めて階下に下りたところへ、

「音がしたから、お帰りだと思って」

青菜を載せた笊《ざる》を抱えたお常が、路地から顔を突き入れた。そして、

「侍が二人、秋月さんを訪ねて音羽に行きましたかね」

「毘沙門の甚五郎さんの家を訪ねたらしいが、おれは会ってないんだよ」

「三治さんから、秋月さんは音羽に行ったと聞いてたから、お侍には、毘沙門の親方を訪ねるよう勧めておいたもんだからさぁ」

「留守中、いろいろありがとよ」

笑顔で礼を述べると、立てかけていた刀を帯に差し、菅笠を手に持った。

「おや、またお出かけですか」

「ここんとこ、仕事の口が掛からないから、口入れ屋に顔を出さないとね」

六平太は、土間の草履に足を通した。

「せっかくお出で頂いたのに、生憎でしたなぁ」

口入れ屋『もみじ庵』の親父《おやじ》、忠七《ちゆうしち》は、真顔で渋い顔をした。

神田岩本町《いわもとちよう》の『もみじ庵』の暖簾を割って土間に足を踏み入れた六平太が、

「仕事の口はないかね」

そう問いかけた途端、忠七は、帳面を開くこともなく返事をした。

「付添いを他へ回してるということはあるまいね」

軽く嫌味を交えて口にすると、

「冗談じゃありませんよ。回そうと思えば平尾伝八《ひらおでんぱち》さんにお回しもしましょうが、ご注文が途切れております今、回しようもございません。もし、どうしても仕事をして稼ぎたいと仰るなら、付添い以外に、大名家や御旗本の登城の列の若党、陸尺《ろくしやく》、挟《はさ》み箱持《ばこも》ち、馬の口取り、具足持ちの他に、酒問屋の樽運び、米問屋の俵運び、味噌《みそ》問屋の車曳きと、いくらでもお回し出来ますが」

「分かったから勘弁してくれ。冗談だよ」

六平太は、片手を上げて拝んだ。

「それじゃ、なにかあったら、頼むよ」

表に向かいかけると、

「平尾さんの名前で思い出しましたが」

忠七の声に、六平太は足を止めた。

「朝方、顔を出されまして、秋月さんはどうしておいでかと、なにやら会いたいような口ぶりでしたがね」

忠七はそういうと、平尾の住まう神田橋本町《はしもとちょう》は近いから、寄ってみてはどうかとも勧めた。

「そうするよ」

殊更、おもねるつもりはなかったが、六平太は忠七の申し出を受け入れることにして、表へと出た。

神田橋本町が『もみじ庵』から眼と鼻の先にあることは、六平太もよく知っているが、町内に足を踏み入れた覚えはなかった。

藍染川《あいそめがわ》の南側に沿って東へ向かうと、四町（約四百四十メートル）ばかり歩いたところが橋本町三丁目である。

道端に敷いた筵《むしろ》に座り込んで包丁を研いでいる刃物直しの男に、忠七から聞いていた『義助店《ぎすけだな》』を尋ねると、少し先の稲荷《いなり》の裏手だと教えられた。

『義助店』の木戸を潜るとすぐ、井戸端に置いた盥《たらい》で洗い物をしている女の背中が眼に入った。

「こちらに、平尾伝八殿がお住まいだと思うが」

六平太が声を掛けると、洗い物をしていた女がすっと立ち上がって、顔を向けた。

「伝八は、夫でございますが」

着古した着物に身を包んだ女の物言いや髪型から、かつての武家暮らしの一端が滲《にじ》み出ている。

「わたしは、口入れ屋『もみじ庵』で知己を得た、秋月という者ですが」

「あぁ」

やや強張《こわば》っていた女の顔に、一気に笑みが広がった。

「お名前は、伝八殿から聞いておりました。ご親切に、付添いの要領をお教えいただいた上に、腰の物が竹光と知っても、蔑みの眼を向けることもなさらなかったと、胸を熱くしておりました」

女房の口ぶりに照れた六平太は、苦笑いを浮かべて眼を転じた。

女房の足元には、盥の他に、様々な着物や足袋、それに褌《ふんどし》が容れられた竹の籠があった。

「申し遅れました。わたしは、多津江《たつえ》と申します」

女房は、垂らした前掛けに両手を揃えて頭を下げた。

「伝八殿はほどなく戻ると思いますが、お待ちになりますか」

「いえ。お留守なら、またにしましょう」

六平太は遠慮した。

亭主が留守をしている家で待つというのは、いささか気詰まりだ。

火急の用があるなら、平尾は『市兵衛店』に訪ねて来るだろう。

「では」

六平太は、今後ともよろしくと挨拶をした多津江に辞儀をして、表の通りへと足を向けた。

柳原土手《やなぎわらどて》へ向かおうと、稲荷の先を左に曲がりかけた時、

「秋月さん」

聞き覚えのある平尾伝八の声がした。

「うちを訪ねておいででしたか」

眼を丸くした伝八が、馬喰町《ばくろちょう》の方から足早に近づいてきた。

「『もみじ庵』の親父が、平尾さんがおれに用事があるようだなんて言うもんだからね」

六平太がそう返答すると、平尾は少し改まり、

「用らしい用も無かったのですが、近ごろ秋月さんにお会いしていないので、忠七さ

んに様子を伺っただけのことでして」

小さく頭を下げた。

「平尾さんは、あそこの長屋に、ご妻女の他にも誰かと暮らしておいでかい」

六平太は、先刻から気になっていたことを尋ねた。

「家内と二人だけですが」

「ご妻女は井戸端で、結構な数の洗い物をしておられたのでな」

「あぁ。あれは、洗濯屋から貰って来た、いつもの仕事ですよ」

そういうと、平尾は笑い声を上げた。

参勤交代で江戸の屋敷に詰めている勤番武士や商家に住み込みをしている男の奉公人たちは、身に付ける物の洗濯に難儀をしているのだと、平尾は説明した。

そんな男たちのために、洗濯を請け負う洗濯屋というものがあり、武家や商人のほかに、寺の法衣《ほうえ》の洗濯も引き受けているというのだ。

平尾の妻女は、馬喰町にある洗濯屋から預かった汚れ物を洗い、乾いたら畳んで、届けに行くことで手間賃を稼いでいるのだ。

「わたしは、乾いたものを洗濯屋に届けに行った帰りなのですよ」

平尾はそういうと、小さく畳んでいた風呂敷を六平太の眼の前に掲げた。

明け方鳴っていた遠雷の音は、この半刻ばかりで鳴り止んでいる。

鳥越明神脇の小路から表の通りに出た六平太は、右へと曲がった。

旗本、松浦勝太郎《まつうらかつたろう》家の門前に差し掛かったところで、遠雷が聞こえて、辻番所の横で足を止めた。

見上げると、灰色の分厚い雲が依然として覆っている。

またにするか──内心、そう呟いたものの、思い直して三味線堀《しゃみせんぼり》の方へ足を向けた。

大工の留吉は、今朝、六つの鐘が鳴るのと同時に仕事に出掛けて行ったが、

「恐らく、降られることになります」

と、熊八は用心して、『市兵衛店』に留《とど》まっていた。

だが、いつまでも降り出さない雲行きを見て我慢できなくなったのか、五つ半（九時頃）になったところで、褌の上から襤褸のような半纏《はんてん》を羽織った〈願人坊主《がんにんぼうず》〉の装《な》りをして、稼ぎに出て行った。

それから半刻（約一時間）ばかり経った頃、六平太もやおら腰を上げた。

今日は、下谷坂本町の『伊兵衛店』に行って、お須美がどんな様子なのか見に行くつもりだったのだが、雨に降られるのが嫌で、踏ん切りがつかずにいたのである。

六平太が出掛けたのは、褌一つと襤褸のような半纏を纏って稼ぎに飛び出した熊八の凄《すご》みに、後押しをされたせいかもしれない。

三味線堀を通り抜け、下谷二丁目の丁字路に差し掛かったところで、遂に雨が落ちてきた。

正法院《しょうぼういん》門前の道具屋に飛び込んだ六平太は、古傘を二十文で買い求めると、下谷坂本町へと急いだ。

古傘らしく、骨の間の渋紙が二か所破れていて、雨のしずくが顔にかかるが、そんなことに構ってはいられない。

『伊兵衛店』の木戸を潜ると、水が溢《あふ》れそうなどぶ板を踏んで、与之吉とお須美が暮らす家の戸口に立った。

「お須美さん、おいでかね」

六平太が声を掛けたが、返答はない。

雨の音に声が消されたかと、もう一度名を呼んだ時、隣りの家の戸が開いて、老婆が顔を突き出した。

「お隣りは、朝方出て行ったようだがね」

そう言いながら出て来た老婆は、戸を開けて、『ほら』というように、お須美たちの家の中を指し示した。

「与之吉のいない、この何日か、お須美さんはどんな様子だね」

「おとなしくしてるが、飯炊きなど出来ない女だから、往生してるようだね」

六平太が以前来た時も言葉を交わしたことのある老婆は、突き放したような物言いをした。

老婆によれば、掃除や洗濯などの家事や炊事も、なにもかも与之吉がやっていたと
いう。

お須美に怒鳴りつけられながらも、与之吉は懸命に、まるで使用人のように健気《けなげ》に
動いていた。

「一人になって、与之吉さんの有難みが身に染《し》みたんじゃないのかねぇ」

老婆は、前歯が二本抜けた口を大きく開けて、声もなく笑った。

「お須美さん、裁縫はやるのか」

土間から上がった板張りには、この前も眼にした裁縫箱があった。

「うん。どうやら、裁縫だけはやれるらしくて、昨日も今日も、ちまちまと針を動か
していたようだ」

そういうと、老婆は路地に溜まった水を踏んで、隣りの家に駆け込んで行った。

六平太は、城の堀沿いの道を牛込御門《うしごめごもん》へ向けて急いでいる。

今朝まで降り続いた雨に濡《ぬ》れた路面は、真上から射す日の光に輝いているが、履物
はすっかり泥にまみれていた。

六平太が下谷坂本町の『伊兵衛店』を訪ねた十二日に降り出した雨は、十三日と十四日も降り続いて、十五日の朝方、ようやく止《や》んだ。

「これが、秋の長雨というもんでござんしょうねぇ」

朝日の射す路地に出た三治が、晴れた空に向かって扇子を煽《あお》ぐと、

「なにを呑気《のんき》な台詞《せりふ》を吐いてるんだい」

大工の留吉の女房、お常から、怒鳴り声を浴びせられた。

六平太が、家の掃除と溜まった洗濯物を洗い終えたのは、四つを少し過ぎた頃おいだった。

ろくな朝餉を摂《と》れなかった六平太は、昼餉は奮発しようと、表通りの煮売り屋で小松菜としらすの煮びたし、こんにゃくの煮付けと目刺しを五尾買い求めて『市兵衛店』に戻ると、土間の上がり框に腰掛けていた穏蔵が腰を上げた。

「与之吉さんが音羽で盗みを働いて、自身番に繋がれました」

穏蔵の話によれば、与之吉は音羽四丁目の小間物屋『寿屋《ことぶきや》』から、櫛《くし》や笄《こうがい》、簪《かんざし》などを袂に隠して表に出たところを、追いかけた手代に捕まったという。

六平太は昼餉の支度をうっちゃって、急ぎ音羽へと向かったのだった。

江戸川に架かる江戸川橋を渡った六平太は、音羽桜木町の甚五郎の家に飛び込んだ。

「おいでなさいまし」

土間に飛び込んだ六平太に声を掛けたのは、若い衆二人と雪洞《ぼんぼり》の紙を張り替えていた佐太郎である。

「お掛けなさいまし」

六平太に腰掛けるよう勧めると、

「親方」

奥に向かって、声を張り上げた。

するとすぐに、甚五郎が奥から出て来て土間近くに座り込んだ。

「穏蔵から話は聞きました」

六平太はそういうと、

「与之吉の女房のお須美を音羽に連れて来るよう、穏蔵を下谷坂本町の『伊兵衛店』に向かわせましたが」

「承知しました」

笑みを浮かべて頷くと、

「秋月さん、まずは、足をお洗いなさいまし。泥まみれの草履はうちで預かっておきますから、今日のところはわたしの古い下駄を履いて、自身番に行ったら如何です」

甚五郎の申し出を、六平太はありがたく受けた。

裏の井戸で泥に汚れた足を洗った六平太は、借りた下駄に足を通すと、甚五郎とともに五丁目の自身番へと向かった。

「あ」

自身番の上がり框に腰掛けていた下っ引きらしい若い男が、甚五郎に気付くと急ぎ腰を上げ、

「親分、毘沙門の親方と秋月様が」

と、奥の部屋に向かって声を掛けた。

「お上がりを」

上がり框に出て来た音羽の目明かし、徳松《とくまつ》に促されて、六平太は甚五郎に続いて三畳の畳の間に上がり込んだ。

畳の間の奥の三畳の板の間には、板壁に取り付けられた、ほたと呼ばれる鉄の輪に縄で繋がれた与之吉が座っている。

入って来たのが甚五郎と六平太だと気付いた与之吉は、顔を隠すように項垂《うなだ》れた。

「これが、『寿屋』から盗み取ろうとした品々です」

徳松が、蓋のない、底の浅い木箱を六平太と甚五郎の前に置いた。

箱の中には、二枚の櫛と、銀の笄、半襟が三枚、二本の簪のひとつはびらびら飾りのついた、値の張りそうなものだった。

「与之吉、お前、いったいどういうつもりだ」

六平太は静かに声を掛けた。

「どうか、わたくしに厳しいお裁きを」

与之吉は、項垂れたまま落ち着いた声を出した。

「親分、与之吉を捕まえた『寿屋』の手代から聞いた話を、秋月さんに」

「手代の長次《ちようじ》が言うには、与之吉がここにある櫛などを袂に入れて、金も払わずに表に出て行くのを見て、待てと声を掛けて追って出たら、素直に立ち止まったというんですよ」

そう話した徳松は、得心がいかないという面持ちで、小さく首を傾げた。

その時、外から下っ引きが顔を突き入れた。

「穏蔵が来ました」

「女も一緒か」

六平太の問いに、下っ引きは「へい」と頷いた。

「親分、与之吉の女ですよ」

甚五郎が耳打ちをした。

小さな風呂敷包みを抱えたお須美が上がり框に上がると、畳の間の中に小さく頭を下げた。

「入んな」

徳松に促されて、お須美は板の間の与之吉に眼を向けたまま畳の間に入り、ゆっくりと膝を揃えた。

「穏蔵は帰ってぃぃぞ」

甚五郎が声を上げると、

「はい」

穏蔵の声が返って来て、去って行く足音がした。

「与之吉、あんた」

突然声を上げて板の間に這い寄ろうとするお須美を、徳松が止めた。

与之吉は項垂れたまま、背を向けてしまう。

「与之吉は、いったいどうなるんでしょうか」

お須美は、六平太を見、そして甚五郎から徳松へと、眼を転じた。

「『寿屋』の手代のいうことには、盗み取った品物の値は、締めて十両二分（約百五万円）だそうだ」

「十両、超えてましたか」

ほっとしたような声を出して、与之吉は徳松の方に体を向けた。

「おめぇ、十両を超える金や物を盗めば死罪になるんだぞ」

「死罪、ですか」

お須美が、眼を丸くして徳松を見た。

「十両を少しでも超えて盗んだら死罪というのは、昔からの定法だよ」

徳松の声を聞いたお須美の顔から、みるみる血の気が失《う》せて行く。

「お前、なんてことを――！」

喉から声を絞り出したお須美は、がくりと肩を落とした。

「わたしには、死罪が似合ってるんですよ」

「与之吉おめぇ、死罪を狙って盗みを働きやがったなっ」

六平太の剣幕に、与之吉はまたしても背中を向けた。

すると、お須美がつつっと、板の間の方に膝を進めた。そして、

「お前は、それほど、わたしといるのが、苦しかったのかい」

悲痛な声を上げる。

「とんでもないおかみさん、わたしは、苦しいというより、申し訳なさに、まともに顔も見られなくなったんですよ。幸せにしますなんて意気がったものの、今や、食うや食わずの体たらくじゃありませんか。こんなわたしが傍に居たら、おかみさんが苦労するばかりです。どうか、どうか、こんなわたしを当てにしないでもいい暮らしを、なすってくらはいまひ」

与之吉の声は、涙と鼻水に混じって、最後の言葉があやふやになった。

「そうかい。そうだったのかい」

声を掠れさせたお須美は、大きな息を吐いて俯《うつむ》くと、そのまま黙り込んだ。

五

音羽桜木町にある甚五郎の家の奥の裏庭に、西日が射している。

六平太が庭に面した小部屋に足を踏み入れたのは、随分久しぶりの事である。

奉行所の役人が来たら、直々の調べが行われる間、どこかで待つようにと徳松に言われた六平太とお須美は、甚五郎の勧めに従い、桜木町の家で待つことになった。

甚五郎には仕事の差配もあり、小部屋を離れたが、六平太と二人になったお須美は一言も口を利かず、ぼんやりと庭を眺め続けている。

それほど広くない庭に、江戸川の水音に混じって、下駄や草履の行き交う音、口上をがなり立てて歩く物売りの声も微かに届いている。

護国寺の山門に通じる参道に、放生会を目当ての善男善女が集まり始めているのかもしれない。

刻限は、目白不動《めじろふどう》の時の鐘が七つ（四時頃）を知らせてから、四半刻ほど過ぎた頃おいである。

「秋月さん」

　突然お須美が、蚊の鳴くような声を出した。

「なんだい」

「この前、わたしがどうして、与之吉を切り捨てようとしないのかが分からないと仰いましたねぇ」

「あぁ。どうして逃げるなり放り出すなりしないのかが分からねぇと言った覚えはあるよ」

　六平太は、与之吉が、どうしてお須美から逃げ出さないのかも不思議でしょうがないと口にした覚えもあった。

『伊兵衛店』の老婆によれば、お須美は普段から暮らしをなんとかしろと与之吉をどやしつけていたようだ。

　不満があるなら愛想をつかしてしまえばよさそうではないか。

「どやしつけでもしないと、わたしら二人、息が詰まってしまいそうで、怖かったんです」

　疑惑を口にした六平太に、お須美は静かに答えた。

「苦しい暮らしにわたしが嘆いたり悲しんだりしているのを見ると、与之吉はきっとわたし以上に重い物を抱え込んで苦しむ、そんな男なんですよ。だから、敢《あ》えてどやしつけることにしたんです。怒られて、腹を立てたり憎んだりすれば、かえって奮起するんじゃないかと——。どっちにしても、苦しませてしまったようです。もっといい加減な男だったらよかったけど、優しいからね、与之吉は。憎まれても恨まれても、喧嘩別れしてやればよかったのに、わたしが、踏み切れなかった。地獄みたいな『桐生屋』から連れ出してやると言ってくれた、たった一人の男だったからねぇ」

話し終えたお須美は、細く長い息を吐いた。

部屋の外から幾つかの足音が近づいてきた。

「失礼しますよ」

甚五郎の声がして障子が開くと、矢島新九郎と甚五郎が小部屋に入って来て、座り込んだ。

「調べに当たったのは矢島さんでしたか」

六平太は、軽く会釈した。

「他の者は音羽くんだりまで行くのを嫌がりまして、暇だったこのわたしがこちらへ」

冗談を口にした新九郎は笑いかけた顔を引き締めると、お須美に眼を向けた。

「お須美さんですよ」

甚五郎が、新九郎に耳打ちをした。

「調べも何も、本人は盗んだと言っているし、十両以上の品物を盗んだという罪科もはっきりしているから、小伝馬町《こでんまちょう》の牢《ろう》屋敷に連れて行くしかない。そこで、お奉行のお裁きを待つことになる」

新九郎の説明に、お須美は殊勝に頭を下げた。

「親方、失礼します」

声を掛けて障子を開けたのは、廊下に膝を突いた佐太郎だった。

「たったいま、徳松親分が、『寿屋』の八郎兵衛さんと見えましたので、庭に回ってもらいました」

佐太郎が言い終わるのと同時に、小部屋の外の庭に、小間物屋『寿屋』の主人の八郎兵衛が、徳松に続いて現れた。

「親分、何ごとだい」

佐太郎が去ると、甚五郎は庭の二人に声を掛けた。

「たった今、自身番に八郎兵衛さんが見えて、盗まれた品物の値は、全部合わせても十両にはならないと仰いますんで」

小部屋に集まっていた者すべてが、声もなく、庭の八郎兵衛に眼を向けた。

「うちの店から盗んだというのが、秋月様や毘沙門の親方、それに穏蔵さんとも関わりのあるお人だと知りまして、これはちゃんと調べなければなるまいと、値札を改めたのでございます」

八郎兵衛の話に聞き入って、口を挟む者は一人もいない。

「そうしましたら、びらびら簪と柘植《つげ》の櫛の値を、番頭さんか手代が間違えたものか、合わせて三分ばかりも高く、値札に書き込んでいたことを、つい先刻見つけ出しまして」

「八郎兵衛さんによれば、盗まれた品々の値は、締めて九両と三分一朱二十文で、十両にはなりません」

徳松が付け加えると、皆の視線が八郎兵衛に向いた。

「慎重に値札を調べました結果でございます」

八郎兵衛は、両手を膝に当てて深々と頭を下げた。

「つまり、与之吉さんは、死罪にはならないと――？」

ぽつりと呟いた甚五郎が、六平太から新九郎へと眼を転じた。

「盗みは盗みゆえ、これから牢屋敷に連れて行くが、与之吉は恐らく、入れ墨の上に重敲《じゆうたた》きか、江戸払いというところでしょうな」

そう口にした新九郎は、

「どちらにしろ、与之吉に会うなら、今しかないが」

と、お須美に声を掛けた。

「会わずに、このまま戻ります」

「分かった」

そういうと、新九郎は立ち上がった。

「徳松親分さん、これを与之吉さんに渡してくださいませんか」

畳の上に置いていた風呂敷包みを手にしたお須美が縁に進み、庭に立っている徳松の前に置いた。

「これは」

「急ぎ縫い上げた、袷《あわせ》です」

そういうと、お須美は縁に平伏した。


音羽は、黄昏《たそがれ》時を迎えている。

江戸川橋の近辺には明かりは乏しいのだが、桜木町から護国寺の門前へと延びている参道は人の行き来も多く、両側に立ち並ぶ商家や料理屋などから零れる明かりや道端の雪洞の灯《ひ》は、何時《いつ》にも増して明るい。

参道を背にした六平太は、お須美と並んで江戸川橋を渡り、南の袂に差し掛かっていた。

「しかし、裁縫が出来たなら、暮らしの足しくらいにはなったんじゃないのかね」

六平太が問いかけると、お須美は足を止めて、欄干に両手を置いた。

「そう思って、勝手に仕立て直しを請け負ったことがあったんですが、与之吉が怒りましてね。そんなことをさせるためにお店から逃げ出したんじゃないって。暮らしは自分がちゃんと立てるから、おかみさんは何にもしないでくれろと、泣かれましたよ。でも、それが、与之吉の首を絞めることになってしまって——」

お須美は、空を向いてふうと息を吐いた。

「だけど、与之吉にと縫い上げたあの袷は、死に装束にならなくて、ほんとによかった」

六平太を見たお須美の顔に、ほっとしたような笑みが浮かんでいた。

ポチャン——川下の暗がりから、何かが水に落ちたような音がした。

「気の早い野郎が、亀でも放しやがったかね」

「今夜は、放生会でしたね」

「あぁ」

小さく頷いた六平太は、

「この後、刑罰を終える与之吉を待つのかい」

静かに尋ねた。

「いえ。与之吉さんにはもう、好きに生きてもらいますよ。わたしで苦労したんだもの、一人でなんとでも生きて行けますよ。きっと」

そう言い切ったお須美は、六平太に頭を下げるとくるりと背を向けて、関口水道《すいどう》町《ちょう》に向かう道を足早に去って行った。

お須美の姿が暗がりに紛れるまで見送った六平太は、ゆっくりと踵《きびす》を返した。

江戸川を渡り終えようとしたとき、

「秋月さんを捜しに来たのは、その侍たちです！」

切羽詰まった声を発しながら、穏蔵が駆けて来るのが見え、その背後には深編笠を被った三人の侍がただならない様子を漲らせて迫って来るのが見えた。

「小僧、邪魔をするなっ」

声を上げた一人の侍が刀を抜いて、六平太の方に向かおうという動きを見せた。

すると、

「なにをするんだ」

六平太の近くに駆け寄った穏蔵が、まるで楯《たて》になるかのように、刀を抜いた深編笠の侍に向かって両手を広げた。

「タァッ！」

声を上げて斬り込んで来る深編笠の侍を見た六平太が、咄嗟《とっさ》に穏蔵を地面に引き倒すのと同時に、己の太刀を抜いて相手の太刀を鎬《しのぎ》で受け流し、返す刀で深編笠を裂いた。

裂けた笠の中に、一瞬、顔を引きつらせた男の顔が見えた。

「馬鹿なことはするなっ」

六平太が、穏蔵の腕を摑んで引き起こすと、

「お前は行けっ」

神田上水白堀《しらほり》の方へと押しやった。

すると、成り行きを窺っていた二人の深編笠の侍が刀を抜いて、一人は六平太に向かい、一人は逃げる穏蔵の後を追った。

その時、穏蔵を追っていた深編笠の男が足をもつれさせて立ち止まると、その足元に拳大の石が音を立てて転がった。

もう一人別の深編笠の侍を従えて、参道の方から駆けつけて来た菅笠の陣場重三郎が、

「その方ら、何を勝手なことをしておるのかっ」

凄みのある声を発して、深編笠の二人と、笠を裂かれた男の動きを止めた。

「増山《ますやま》、井口《いぐち》、その方らには居場所を知らせて見張れとは言ったが、秋月殿を討てとは言っておらんぞ」

陣場に名を呼ばれた二人の深編笠の男が、微かに顔を伏せた。

「そちらは、神子市之亟殿だな」

陣場は、裂かれた笠を被った男に近づくと、その笠を摑んで引き剝がす。

顔を晒《さら》された神子市之亟は、恥じ入ったように顔を逸《そ》らした。

「市之亟殿は、なにゆえここに同行なされた」

「秋月六平太が、田中祥五郎の死の真相を調べているときいた故」

市之亟は、自棄《やけ》のように喚《わめ》くと、さらに、

「このような浪人者が、お家の出来事に首を突っ込むなど、甚だ、甚だ以《もっ》て」

そこまで口にして、市之亟は息をついた。

「石坂《いしざか》も増山、井口と共に市之亟殿をお屋敷へお送りするのだ」

三人の深編笠の侍と市之亟を見回して、陣場は厳しい声で命じた。

「しかし」

異議を口にしたのは、陣場に付き添って現れた石坂と呼ばれた深編笠の侍だった。

「秋月殿とは、このわしが話し合う」

「話がまとまらぬ時は」

石坂が鋭く尋ねると、

「わしに任せることだ」

重々しい陣場の声に、深編笠の侍たち三人は、市之亟を促してその場から姿を消した。

「下に下りぬか」

静かな声でそういうと、六平太の返事も聞かず、陣場は江戸川と神田上水の間に作られた中州へと下りて行く。

六平太は、その後に続いた。

町の明かりがほのかに届く中州で、六平太と陣場は向かい合った。

先刻まで耳に届いていた参道のさんざめきは、川の音にかき消されてしまった。

「武芸掛を罷免されたわけはなんだ」

「『練志館』道場で、立身流兵法と一刀流の立ち合いを独断で許した、その責めを負うこととなった」

「都合が悪くなった時の、家臣に罪をなすりつける重役共のやり口は、昔も今も、いずこのお家でも変わらんな」

六平太の発言にはなんの反応も示さず、

「江戸を去る前に、お主とは、けりを付けたい」

陣場は静かな声で申し出た。

「去る前とは、どこへ行く」

「国元に赴き、郡代と、社寺奉行を兼ねることとなった」

「なるほど。去る前に、田中祥五郎の死について探り回るおれを斬れとでも言われたか」

六平太の問いかけに、陣場は動じる様子もない。

「どうだ。田中祥五郎を殺したのは誰々か、言い残して行かんか。あんたには、分かってるはずだ」

六平太は、陣場の顔に目を凝らす。

「田中祥五郎殺害に関わった者は締めて五人。名は秘するが神子市之亟と近しい『興武館』の三人の内、手首を失った者は国元の親戚預けとなり、指や親指を損傷した二人は、大坂蔵屋敷に詰めることとなった。その他に、束ね熨斗の家紋を持つ者は廃嫡となり、もう一人の者は親戚へのお預け」

「神子市之亟は」

「田中祥五郎を殺害した下手人を知っていたにも拘《かか》わらず、届け出なかったことは不届きとして、仏門に入ることになる。ご家老、神子源左衛門《げんざえもん》様は、隠居。これらの処分を以て、田中祥五郎の一件の真相を察してもらいたい」

「嫌だと言えば」

「真剣で立ち合っていただく」

鎬を沿わせて、後ろへと流す。

「いいだろう」

六平太は、左手を腰の刀に添える。

陣場はすぐに左足を半歩下げ、いつでも刀を抜ける体勢を取った。

すると、待つ間もなく、陣場が刀を抜き放った。

動きを察知した六平太は、瞬時に『擁刀《ようとう》』の抜刀術で、打ち込んできた陣場の刀に鎬を沿わせて、後ろへと流す。

即座に二の太刀を繰り出そうとした六平太は、動きを止めて後ろに退《さが》った。

『練志館』での稽古を見ていた陣場は、立身流の剣術の流れを覚えたのか、六平太の仕掛けの先を読んで、隙のない防御を見せた。

「タァッ」

「トオッ」

その後、二度三度と剣を交わした二人は、切っ先を向け合ったまま、間合いを取って対峙した。

六平太は、陣場の袴の膝のあたりが裂けているのに気付いたが、肉を斬った手ごたえはなかった。

六平太の袖口も鋭く斬り裂かれているが、腕は斬られてはいない。

「陣場殿は、おれが憎いか」

「いや」

「それならば、なにも生き死を懸けることもあるまい」

「わたしが立ち合いたかったのは、己の腕がどれほどのものか、知りたかったのだ」

「剣術使いの、業というやつか」

小さく笑うと、六平太は先に刀を鞘に納めた。

陣場もすぐに刀を納めた。

「遠江《とおとうみ》へは、いつ」

「明後日、発《た》つ」

深々と頭を下げると、陣場は中州を上がり、江戸川橋を渡って関口水道町の方へと歩き去った。

六平太はゆっくりと中州から上がると、関口水道町の方を見やった。町家の明かりが微かにあったが、道の先に陣場の姿はすでになかった。

踵を返して桜木町の方へ行こうとした六平太の前に、顔を晒した市之亟が、深編笠を手にした三人の侍と共に立ちはだかった。

「今一度中州へ下りてもらおう」

低い声で命じたのは、筋骨逞ましい石坂と呼ばれた侍だ。否やを言わせぬ相手の様子に、六平太は応じることにした。

先刻、陣場と刀を交えた中州に下りるとすぐ、六平太は四人に囲まれた。

「陣場は国元でくすぶることになる故、このまま捨てておくが、お主が江戸にいるのは目障りだ」

市之亟が喚くとすぐ、増山と呼ばれた小太りの男が鋭い足の運びで斬り込んできた。

咄嗟に体を躱《かわ》した六平太が、居合で抜いた太刀を上段から真下に振り下ろすと、骨の砕ける音がして、刀の柄を握ったままの相手の手首が中州に落ちた。

「おのれ」

すぐさま、細身の井口が刀を下段に構えて、六平太につつつっとすり足で迫る。突然、下段から振り上げた刀を、六平太は片膝を突いて躱すと、相手の太腿《ふともも》に峰を返した刀を叩き入れた。

肉を叩く鈍い音がして、井口は中州に腹這って、のたうちまわる。

「無傷の者が、倒れた二人を担いで行け」

立ちすくんだ市之亟と石坂に向かって吐き捨てると、六平太は足早に中州を上がって行った。

音羽はすっかり日暮れたが、護国寺の境内は明るい。

食べ物や飲み物を売る屋台も並び、亀や鰻を売る呼び込みの声も木霊して、賑やかでもあった。

そんな人混みの中、おりきと並んで歩いていた六平太は、境内を見回る甚五郎の後ろを、弥太と並んで続く穏蔵の姿が眼に入った。

「お働きよ」

おりきが声を掛けたが、周りの音に消されて穏蔵には届かなかったのか、甚五郎の後から人混みの中に紛れて行った。

「さっきな」

ふと言いかけた六平太は、「いや、いいんだ」と、慌てて誤魔化した。

穏蔵が市之亟の刀から六平太を護ろうと楯になったと言おうとしたのだが、思い留まった。

言えば、おりきの口から、自慢しているとか、親馬鹿だとかの言葉が返って来るのは眼に見えていた。

「しかし、そのお須美さんて人、男を縛っていた紐《ひも》を切り離したんだろうかねぇ」

おりきが、静かに口を開いた。

六平太は、与之吉の盗みとその後の顚末《てんまつ》を、夕刻、おりきに話したばかりだった。

「だが、盗みを働いた与之吉の方が、お須美さんを解き放したような気もするぜ」

「なるほどね」

「今夜は、放生会だからさ」

冗談めかして口にしたが、六平太は心のどこかで、与之吉とお須美には放生会のご利益が降り注いだような気がしている。

「あたしだって、いつでも六平さんを解き放してあげますから、その時は遠慮なくね」

「なんだって」

六平太は、周りの騒音で聞こえなかったふりをした。

「だからさぁ」

「ええっ」

またしても聞こえないふりをして、おりきの口元に耳を近づけると、

「もう、いい」

焦《じ》れたおりきは口を尖《とが》らせると、下駄を鳴らして六平太を蹴る真似《まね》をした。

※この作品はフィクションであり、登場する人物・団体・事件等は、すべて架空のものです。

付添い屋・六平太
龍の巻 留め女

金子成人

ISBN978-4-09-406057-7

時は江戸・文政年間。秋月六平太は、信州十河藩の供番（駕籠を守るボディガード）を勤めていたが、十年前、藩の権力抗争に巻き込まれ、お役御免となり浪人となった。いまは裕福な商家の子女の芝居見物や行楽の付添い屋をして糊口をしのぐ日々だ。血のつながらない妹・佐和は、六平太の再士官を夢見て、浅草元鳥越の自宅を守りながら、裁縫仕事で家計を支えている。相惚れで髪結いのおりきが住む音羽と元鳥越を行き来する六平太だが、付添い先で出会う武家の横暴や女を食い物にする悪党は許さない。立身流兵法が一閃、江戸の悪を斬る。時代劇の超大物脚本家、小説デビュー！

小学館文庫
好評既刊

付添い屋・六平太
虎の巻 あやかし娘

金子成人

ISBN978-4-09-406058-4

十一代将軍・家斉の治世も四十年続き、世の中の綱紀は乱れていた。浪人・秋月六平太は、裕福な商家の子女の花見や芝居見物に同行し、案内と警護を担う付添い屋で身を立てている。外出にかこつけて男との密会を繰り返すような、わがままな放題の娘たちのお守りに明け暮れる日々だ。血のつながらない妹・佐和をやっとのことで嫁に出したものの、ここのところ様子がおかしい。さらに、元許嫁の夫にあらぬ疑いをかけられて迷惑だ。降りかかる火の粉は、立身流兵法達人の腕と世渡りで振り払わねば仕方ない。日本一の人情時代劇、第二弾にして早くもクライマックス！

小学館文庫
好評既刊

脱藩さむらい

金子成人

ISBN978-4-09-406555-8

香坂又十郎は、石見国、浜岡藩城下に妻の万寿栄と暮らしている。奉行所の町廻り同心頭であり、斬首刑の執行も行っていた。浜岡藩は、海に恵まれた土地である。漁師の勘吉と釣りに出かけた又十郎は、外海の岩場で脇腹に刺し傷のある水主の死体を見つける。浜で検分を行っていると、組目付頭の滝井伝七郎が突然現れ、死体を持ち去ってしまった。義弟の兵藤数馬によると、死んだ水主の正体は公儀の密偵だという。後日、城内に呼ばれた又十郎は、謀反を企んで出奔した藩士を討ち取るよう命じられる。その藩士の名は兵藤数馬であった。大河時代小説シリーズ第一弾！

小学館文庫
好評既刊

脱藩さむらい
蜜柑の櫛

金子成人

ISBN978-4-09-406606-7

石見国浜岡藩奉行所の同心頭・香坂又十郎と妻・万寿栄の平穏な暮らしは、ある日を境に一変した。万寿栄の弟で勘定役の兵藤数馬が藩政の実権を握る一派の不正を暴くべく脱藩したのだ。藩命抗しえず、義弟を討った又十郎だが、それで、お役御免とはいかなかった。江戸屋敷の目付・嶋尾久作は又十郎を脱藩者と見なし、浜岡藩が表に出せない汚れ仕事を押し付けてくる。このままでは義弟が浮かばれない。数馬が最期に呟いた、下屋敷お蔵方の筧道三郎とは何者なのか。又十郎の孤独な闘いが続く。付添い屋・六平太シリーズの著者の新境地！大河時代小説シリーズ第二弾。

勘定侍 柳生真剣勝負〈一〉
召喚

上田秀人

ISBN978-4-09-406743-9

大坂一と言われる唐物問屋淡海屋《おうみや》の孫・一夜は、突然現れた柳生家の者に御家を救えと、無理やり召し出された。ことは、惣目付《そうめつけ》の柳生宗矩《むねのり》が老中・堀田加賀守《かがのかみ》より伝えられた、四千石の加増にはじまる。本禄と合わせて一万石、晴れて大名となった柳生家。が、大名を監察する惣目付が大名になっては都合が悪い。案の定、宗矩は役目を解かれ、監察される側に立たされてしまう。惣目付時代に買った恨みから、難癖をつけられぬよう宗矩が考えた秘策が一夜だったのだ。しかしなぜ召し出すのが商人なのか？　廻国中の柳生十兵衛も呼び戻されて。風雲急を告げる第一弾！

小学館文庫
好評既刊

勘定侍 柳生真剣勝負〈二〉 始動

上田秀人

ISBN978-4-09-406797-2

弱みは財政——大名を監察する惣《そう》目《め》付《つけ》の企てから御家を守らんと、柳生家当主の宗矩《むねのり》は、勘定方を任せるべく、己の隠し子で、商人の淡海《おうみ》屋《や》一夜《かずや》を召し出した。渋々応じた一夜だったが、柳生の庄で十兵衛に剣の稽古をつけられながらも石高を検分、殖産興業の算盤を弾く。旅の途中では、立ち寄った京で商談するなどそつがない。が、江戸に入る直前、胡乱《うろん》な牢人らに絡まれ、命の危機が迫る……。三代将軍・家光から、会津藩国替えの陰役を命ぜられた宗矩。一夜の嫁の座を狙う、信濃屋の三人小町。騙し合う甲賀と伊賀の忍者ども。各々の思惑が交錯する、波瀾万丈の第二弾！

突きの鬼一

鈴木英治

ISBN978-4-09-406544-2

美濃北山三万石の主百目鬼一郎太の楽しみは月に一度の賭場通いだ。秘密の抜け穴を通り、城下外れの賭場に現れた一郎太が、あろうことか、命を狙われた。頭格は大垣半象、二天一流の遣い手で、国家老・黒岩監物の配下だ。突きの鬼一と異名をとる一郎太は二十人以上を斬り捨てて虎口を脱する。だが、襲撃者の中に城代家老・伊吹勘助の倅で、一郎太が打ち出した年貢半減令に賛同していた進兵衛がいた。俺の策は家臣を苦しめていたのか。忸怩たる思いの一郎太は藩主の座を降りることを即刻決意、実母桜香院が偏愛する弟・重二郎に後事を託して単身、江戸に向かう。

姉上は麗しの名医

馳月基矢

ISBN978-4-09-406761-3

老師範の代わりに、少年たちへ剣を指南している瓜生清太郎は稽古の後、小間物問屋の息子・直二から「最近、犬がたくさん死んでる。たぶん毒を食べさせられた」と耳にする。一方、定廻り同心の藤代彦馬がいま携わっているのは、医者が毒を誤飲した死亡事件。その経緯から不審を覚えた彦馬は、腕の立つ女医者の真澄に知恵を借りるべく、清太郎の家にやって来た。真澄は、清太郎自慢の姉なのだ。薬絡みの事件に、「わたしも力になりたい」と、周りの制止も聞かず、ひとりで探索に乗り出す真澄。しかし、行方不明になって……。あぶない相棒が江戸の町で大暴れする！

小学館文庫
好評既刊

徒目付 情理の探索
純白の死

青木主水

ISBN978-4-09-406785-9

上司である公儀目付の影山平太郎から命を受けた、徒目付《かちめつけ》の望月丈ノ介は、さっそく相方の福原伊織へ報告するため、組屋敷へ向かった。二人一組で役目を遂行するのが徒目付なのだ。正義感にあふれ、剣術をよく遣う丈ノ介と、かたや身体は弱いが、推理と洞察の力は天下一品の伊織。ふたりは影山の「小普請《こぶしん》組前川左近の新番組頭への登用が内定した。ついては行状を調べよ」との言に、まずは聞き込みからはじめる。すぐに左近が文武両道の武士と知れたはいいが、双子の弟で、勘当された右近の存在を耳にし——。最後に、大どんでん返しが待ち受ける、本格派の捕物帳！

――本書のプロフィール――

本書は、小学館文庫のために書き下ろされた作品です。

小学館文庫

付添《つきそ》い屋《や》・六平太《ろっぺいた》

猫又《ねこまた》の巻《まき》　祟《たた》られ女《おんな》

著者　金子成人《かねこなりと》

二〇二〇年十月十一日　　初版第一刷発行

発行人　飯田昌宏
発行所　株式会社 小学館
〒一〇一-八〇〇一
東京都千代田区一ツ橋二-三-一
電話　編集〇三-三二三〇-五九五九
　　　販売〇三-五二八一-三五五五
印刷所──中央精版印刷株式会社

この文庫の詳しい内容はインターネットで24時間ご覧になれます。
小学館公式ホームページ　https://www.shogakukan.co.jp

ISBN978-4-09-406830-6